'영미문학읽기' 수업 맞춤형 텍스트

셰익스피어 각색극 ❷

The Winter's Tale
The Merchant of Venice

안규완(영문학 박사/영미희곡 전공/한국중등수석교사회장)

셰익스피어 희곡작품 12편 각색(1999~2022), 대학교 수업(1987~), 셰익스피어 연극교육 및 미국학교와 국제교류(1999~), 주요 논저: "Dramatics and English Class", "A Teaching Method for English Drama Club", "Christian Existentialism in *The Zoo Story*", "Dramatics and Its Application to 4 Skills", "Feminist Literary Criticism", 『A Teaching Method for English Speaking and Writing』, 『부조리연극과 미국 극문학』, 『영어구문의 이해』, 『영어어휘 연구』, 『셰익스피어 각색극 ①』 외 다수. (blog.naver.com/dramaahn 참고)

'영미문학읽기' 수업 맞춤형 텍스트

셰익스피어 각색극 ❷

The Winter's Tale / The Merchant of Venice

초 판 : 2023년 1월 25일

편저자 : 안규완
펴낸이 : 이성모
펴낸곳 : 도서출판 동인
등 록 : 제 1-1599호
주 소 : 서울시 종로구 혜화로 3길 5 118호
TEL : (02) 765-7145 / FAX : (02) 765-7165
E-mail : donginpub@naver.com / Homepage : donginbook.co.kr

ISBN 978-89-5506-886-3 04840
ISBN 978-89-5506-869-6 (세트)

정가 : 13,000원

'영 미 문 학 읽 기' 수 업 맞 춤 형 텍 스 트

셰익스피어 각색극 ❷

The Winter's Tale
『겨울이야기』

The Merchant of Venice
『베니스의 상인』

|

안규완 편저

도서출판 | 동인

'영미문학읽기' 수업 맞춤형 텍스트『셰익스피어 각색극』제2권을 펴내면서

'영미문학읽기' 수업은 영문학과에서 이루어지는 전문적인 수준의 것과 일반학과 비전공자들이나 고등학교에서 할 수 있는 일반적 수준의 것으로 나누는 것이 필요하다. 왜냐하면 어려운 영어로 쓰인 영문학 작품 원작을 비전공자인 일반학생들이 읽기에는 어려움이 많기 때문이다. 그렇다고 '영미문학읽기' 수업을 하면서 명작이 아닌 작품 또는 단편 작품을 읽거나 한글로 번역된 작품만을 읽는 것은 바람직하지 않다.

그러기에 영미문학 작품들 중에서 문학사적 측면과, 형식과 내용적 측면 그리고 사상과 철학 및 교육적 측면에서 가장 모범적이고 영향력 있는 셰익스피어의 작품들을 비전공자들도 쉽게 읽을 수 있도록 각색하여 일반학과 학생들과 고등학생들의 '영미문학읽기' 수업의 텍스트로 활용하는 것은 바람직하다고 할 것이다.

필자는 이런 취지에서 24년의 연구과정을 거쳐 만든 셰익스피어 원작을 각색한 작품 12편을 모아서『셰익스피어 각색극』이라는 제목의 책을 일반학생 '영미문학읽기' 수업용으로 내어놓는 바이다. 12편의 작품 모두 원작의 골격을 훼손하지 않는 범위에서 플롯을 현대적 감각에 맞게 영어로 재구성하였다. 각 작품은 필자가 21년간 지도한 영어연극 동아리 아르테미스의 실제 공연을 통해서 그 작품성을 검증하였으며 수많은 수정과 보완을 통해서 최종본을 완성하였고, 작품의 이해를 돕기 위해 공연 장면 일부를 사진으로 실었다.

이 책으로 진행하는 영미문학읽기 수업은 교수자들 나름의 다양한 방식을 활용할 수 있겠으나, 다음과 같은 진행방식이 효과적일 것이다. ① '영미문학읽기' 강좌 또는 과목에 대한 개요 설명 → ② 셰익스피어와 영미문학 일반 설명 → ③ 각 작품 서두의 플롯 요약과 등장 인물 분석 → ④ 텍스트 읽기와 해설 및 작품 공연 감상(유튜브 영상자료 등 활용) → ⑤

학생활동 수행(개별 또는 조별 활동 : 작품 전체 또는 막(Act)별 분석/플롯 요약과 등장 인물 분석, Reading Log 작성, 조별 공연 등) → ⑥ 평가(고등학교의 경우 지필평가 및 수행평가) → ⑦ 피드백(고등학교의 경우 과세특 기록)

이 책은 각색한 셰익스피어 작품 12편으로 편찬하는 총 4권의 시리즈 중, *Twelfth Night*(『십이야』), *Hamlet*(『햄릿』), *Othello*(『오셀로』)를 묶은 제1권에 이어 *The Winter's Tale*(『겨울이야기』)와 *The Merchant of Venice*(『베니스의 상인』)을 묶은 제2권이다. 이어서 *A Midsummer Night's Dream*(『한여름밤의 꿈』), *The Taming of the Shrew*(『말괄량이 길들이기』), *Much Ado About Nothing*(『헛소동』)을 묶은 제3권 그리고 *As You Like It*(『뜻대로 하세요』), *King Lear*(『리어왕』), *Commedy of Errors*(『실수연발』), *Romeo & Juliet*(『로미오와 줄리엣』)을 묶은 제4권이 이어진다.

이 책이 셰익스피어 문학에 대한 손쉬운 이해 및 체험과 함께, '영미문학읽기' 수업에서 효과적인 텍스트로 활용되어 학생들의 영미문학 작품 이해에 도움이 되기를 바란다.

이 책을 기꺼이 추천해 주신 셰익스피어 연구의 한국 최고 권위자이자 한국영미어문학회 전 회장 김종환 교수님과 책의 구성에 진심어린 조언을 아끼지 않은 박순덕 박사님께 감사드린다. 출판을 해주신 이성모 사장님과, 24년간의 작품 연구·각색 과정에서 수업과 공연에 참여했던 경산여고 학생들과 영어연극반 아르테미스 단원들 그리고 하나님께 감사드린다.

2022년 10월

안규완(영문학박사/한국중등수석교사회장)

CONTENTS

The Winter's Tale

겨울이야기

Twelfth Night
Hamlet
Othello
The Merchant of Venice
A Midsummer Night's Dream
The Taming of the Shrew
Much Ado About Nothing
As You Like It
King Lear
Commedy of Errors
Romeo & Juliet

『겨울이야기』(The Winter's Tale)는 셰익스피어의 극 중에서 비극에도 속하지 않고 희극에도 속하지 않는 소위 희비극(tragicomedy)에 해당한다. 셰익스피어는 그의 극작 시기를 초기와 중기 그리고 후기로 나눌 때, 후기에 이런 유형의 극을 작술하였다. 극작 활동이 후기에 이르러서는 셰익피어의 극작술은 거의 완벽한 경지에 이르렀다. 극의 절묘한 구성을 통해서 주 플롯과 부 플롯이 조화를 이루는 가운데 모두가 결국에는 주 플롯의 목적 지향적인 방향으로 귀결되며 조화로운 가운데서 주제를 부각시키는 완숙미를 보여주고 있다.

셰익스피어 희비극 전반에서 나타나듯이 이 극의 주제는 사랑과 희망이다. 사랑의 스토리를 엮어 가는 가운데 희망적인 테마를 곁들여서 관객의 감정을 순화시킨다.

필자는 이 극을 원작의 주 플롯이 훼손되지 않는 범위에서 개작하고 각색하여 영어로 옮겼다. 우리는 이 극작품을 통해서 셰익스피어의 인간 본성에 대한 이해의 깊이를 체험할 수 있을 것이며, 이를 통해서 진실한 사랑의 진정한 의미를 체험할 수 있을 것이다.

- **Leontes**(레온테즈) : Sicilia의 왕. Hermione의 남편. 40대 후반. 풍채가 듬직하고 인상이 강해 보인다. 이 극의 주동 인물로서 자신의 잘못으로 인해 아내와 자식을 잃게 되지만 끝내 자신의 잘못을 뉘우치고 다시 행복을 찾는다. Polixenes와는 친구 사이이지만 Polixenes에 대해 열등의식을 가지고 있다. 그의 목소리는 분노와 온순함을 함께 보여준다. 자기중심적 사고를 하며 고집이 세고 다혈질이다. 아내와 딸을 화형에 처하자는 말을 할 정도로 광기 어린 인물이며 신하들의 말을 들어주지 않는 막무가내식 성격의 소유자이다.

- **Polixenes**(폴리제네스) : Bohemia의 왕. 40대 후반. 약간 마른 남성스러운 외모와 완벽한 몸매를 갖추었다. 목소리가 굵고 부드럽다. 침착하며, 명예와 권위를 중시한다. 자신의 아들 Florizel을 아끼고 사랑한다.

- **Hermione**(허미오네) : Sicilia의 왕비. Leontes의 처. 30대 중반. 여신 같고, 여린 이미지. 젊고 지적이며, 아름다운 외모이다. 말솜씨가 좋고 순종적이다. 믿음이 있어 보이는 인물이다. 차분한 성격이며 아주 친절하다. 왕을 진정으로 생각하고 자신의 명예를 중시한다.

- **Camillo**(카밀로) : Sicilia의 귀족. 30대 초반. 깔끔한 이미지, 얼굴에서 충성심이 묻어 나온다. 왕에게 조언을 해주는 인물이다. 강직함이 보이고 곧은 자세, 정의롭고 멋있다. 자신의 안위를 중시하는 인물이며, 옳고 그름을 판단할 줄 아는 현명한 사나이이다.

- **Antigonus**(앤티고누스) : Sicilia의 귀족. Paulina의 남편. 40대 초반. 중후하고 믿음직한 이미지. 귀족적 멋과 무게감이 느껴진다. 현대적 사고를 하며 아내를 존중해 준다. 체격이 좋으며 충성심이 강하고 또한 정의의 사나이이다.

- **Paulina**(파울리나) : Antigonus의 처. 30대 중반. 자기주장이 강하고 매사에 자신감이 넘친다. 지적이며 말솜씨가 아주 좋고, 멋진 여성이다. 짙은 눈썹에 까만 눈, 터프한 이미지. 절개 있는 목소리. 살아 있는 눈빛. 옳은 말은 어려운 상황에서도 하고야 마는 곧은 성격의 소유자. 왕 앞에서도 자신이 해야 할 말은 주저하지 않고 말할 수 있을 만큼의 용기를 가진 인물. 여전사 같은 성격.

- **Florizel**(플로리젤) : Polixenes의 아들. Bohemia의 왕자. 18세 소년. 사랑하는 Perdita를 책임질 줄 알고, 의지가 곧다. 체격은 건장하고 자신의 아버지 Polixenes를 닮아서 잘생기고 몸매도 좋다. 매력 있는 목소리를 갖고 있으며 성격은 침착하다.

- **Perdita**(페르디타) : Leontes의 딸이며 Sicilia의 공주. 16세 소녀. 여성미가 넘치고 하는 행동들이 사랑이 넘쳐 보인다. 활달한 면이 있으며, 춤동작을 통하여 표출된다. 밝게 잘 웃는 모습이며, 순수한 모습을 지니고 있다. 한눈에 왕가의 피가 흐르고 있다는 걸 느낄 수 있을 정도로 자태가 고우며, 지적이고 감성적이다.

- **Autolycus**(아우톨리쿠스) : 20대 중반. 개성 있는 외모를 가졌으며, 극중에서 희극적인 인물로 나온다. Florizel을 Perdita와 연결시켜 주는 인물. 자유분방하며 자신만의 독특한 색깔을 나타낸다. 활발한 성격이며 뛰어난 순발력과 재치가 있다.

- **Shepherd**(양치기) : Perdita의 양부. 30대 후반. 놀부 같은 이미지를 갖고 있고, 얍삽하고 올라간 눈꼬리 등에서 돈에 대해 욕심이 많음을 알 수 있다. 체격이 좋으며 심술이 넘쳐 보인다. 어설픈 사치로 인해 촌스러워 보인다.

- **Clown**(광대) : Shepherd의 아들. 20대 중반. 장난치는 것을 좋아하며, 양치기가 Perdita를 좋아하는 것에 질투를 느끼고 Perdita를 미워하고 괴롭힌다. 개성있는 외모를 가졌으며 Autolycus와 친구로 잘 어울려 다닌다.

- **Clerk**(집사) : Leontes의 심복, 30대 중반. 망토를 쓰고 있어 얼굴이 잘 안 보인다. 왕의 명령을 잘 따르는 인물이다.

- **Man's voice**(남자 목소리) : 목소리 연기만 하는데, 16년의 경과를 알려주는 데 아주 중요한 역할을 한다.

Act I : Sicilia(시실리아)의 왕 Leontes(레온테즈)와 Bohemia(보헤미아)의 왕 Polixenes(폴리제네스)는 절친한 친구이다. Polixenes는 Leontes의 나라에서 수개월간 머물게 된다. 그동안 Polixenes와 Leontes의 부인인 Hermione(허미오네)는 서로 좋은 사이가 되는데 이를 시샘하던 Leontes는 극도의 흥분으로 그들 사이를 심각하게 오해하게 되어 자신의 심복인 Camillo(카밀로)에게 Polixenes를 죽이라고 명령한다. Camillo는 Polixenes가 결백하다는 사실을 알고 있지만, 일단 명령에 순종하여 그와 함께 Bohemia로 떠난다.

Act II : 그동안 만삭이었던 Hermione가 공주, Perdita(페르디타)를 출산한다. 그러나 Leontes는 Perdita를 Polixenes의 딸로 여기고 죽이려 하나 신하들의 만류로 인해 죽이지는 않고 내다 버리기로 결정한다. 신하들은 Perdita에게 왕비의 목걸이를 걸어 준다. 이러한 사건으로 인해 고민하던 Hermione는 자신의 결백을 입증하기 위해 자결을 결행하지만 약간의 상처만 입은 채 살아나게 된다. Perdita를 내다 버리기 위해 떠났던 Antigonus(앤티고누스)는 곰에게 죽게 되고, Perdita는 어떤 양치기에게 발견되어 그의 손에서 길러진다.

Act III : 16년의 세월이 흐른 뒤 장성한 Bohemia의 왕자 Florizel은 진실한 사랑에 대해 고민한다. 이를 본 Autolycus(아우톨리쿠스)는 그를 Perdita가 있는 목장으로 데리고 간다. 왕궁의 시선을 피해 목장으로 향하던 Florizel은 Camillo에게 발견되어 도망치다가 Perdita와 운명적으로 만나게 된다.

Act IV : Florizel이 목장에 드나드는 것을 알게된 Polixenes는 목장에서 거행되는 축제에 숨어들어 간다. 그곳에서 서로의 사랑을 고백하며 결혼을 맹세하는 Florizel과 Perdita를 발견하고는 자신의 신분을 밝히며 이들을 질책한다.

Act V : Florizel과 Perdita는 Sicilia로 가서 Leontes에게 도움을 청한다. 죄책감에 시달리던 Leontes는 이들의 청을 받아들인다. 이때 Polixenes가 도착하고 이어서 양치기와 광대가 뒤따라와 Perdita가 자신의 딸이 아님을 밝히고 16년 전의 사연을 이야기한다. 이에 Paulina(파울리나)가 놀라며 Perdita가 Leontes의 딸임을 확인하고는 Hermione를 Leontes와 만나게 한다. 모든 잘못과 오해가 풀리자 이들은 서로 화해하게 되고 Florizel과 Perdita의 결혼식이 거행된다.

(*The Winter's Tale* 1막 1장 공연장면)

Act I

(Sicilia 궁전)

(Leontes와 Hermione가 다정스럽게 웃으며 등장한다.)

Leontes: It's fine, today. Hermione! Today, you look so beautiful.

Hermione: Thank you. (웃는다.)

Leontes: Hello, Queen! How are you feeling? Isn't it near the day?

Hermione: Your Majesty, I am fine. I'm very pleased to think about my child who will be born soon. (이때 Polixenes가 등장한다. Hermione가 Polixenes를 보고 나서 Polixenes에게 다가간다.) (Polixenes에게) Good morning? Is there any inconvenience for you?

Polixenes: No, it isn't. Here is very comfortable for me. (웃는다. 그러다 Leontes를 발견하고) Ah! Lord! Welcome. (Leontes와 간단한 인사)

Leontes: How are you feeling?

Polixenes: I am fine. I will stay here for eight months. I am sorry for staying here too long.

Hermione: Your Majesty, there is a spot on your clothes. (옷을 닦아주며, 계속 다정한 대화를 나눈다.)

Leontes: (화를 내면서) (독백) Oh! That hospitable reception! To cross their fingers each other! To smile happily as if they reflect their faces in a mirror. Oh! I come near being mad, now!

Polixenes: I would like to take a walk with you in the garden which you like, Queen.

Hermione: Yes, I want it, too. Wait a minute. (Leontes에게 다가간다.) Your Majesty, what's the matter? You look sad.

Leontes: (신경질적으로) Nothing. Nothing in particular!

Hermione: Majesty, I am going to take a walk with Polixenes in the garden. You can reach me there when you need to . . . (인사하고 물러난다.)

Polixenes: (Leontes에게) Your Majesty, I shall leave.

(Leontes에게 인사하고 Hermione와 함께 퇴장)

Leontes: Damn! They've gone. I've had a little doubt. . . . My guess revealed to be true. Hermione! How could you betray me? And with Polixenes. . . . Is there anyone?

Camillo: Yes, lord. What can I do for you?

Leontes: Did you see Hermione and Polixenes going out?

Camillo: Yes, lord. They went out chattering each other friendly.

Leontes: (흥분하여) Friendly? Didn't you see their licentious behavior.

Camillo: No, they didn't any sensual behavior. Such talking isn't suitable for your Majesty.

Leontes: (흥분하며) No, no! They crossed their fingers each other and smiled happily as if they reflected their faces in a mirror!

Camillo: Oh, no. Majesty, that might be your delusion.

Leontes: My delusion? Hahahaha . . . (미친 듯 크게 웃는다.) Did you say "my delusion"?

(Paulina 급히 등장)

Paulina: Your Majesty, it's time to hurry. The Queen is on the point of giving birth to a baby. Please go to the Queen. I shall go first.

Leontes: Paulina, what? What did you say about? Baby?

Paulina: Yes, lord.

Leontes: (한숨을 쉬고) OK. You can go first.

(Paulina 퇴장)

Leontes: Did you hear it. We should not delay it.

Camillo: What do you mean, Majesty?

Leontes: Are you a fool? The baby doesn't have my blood. The baby must have Polixenes' blood. I cannot tolerate this. Maybe, I might die on account of holding my breath. Camillo! You must kill Polixenes. He is my foe. Kill him and let me revenge myself on him.

Camillo: Oh, Majesty. I cannot help following your order, but I think Polixenes did not make a licentious behavior. Polixenes is very chaste and virtuous. I cannot believe it.

Leontes: What? (칼을 꺼내며) Are you against me now? If you don't follow my order, you and your family shall not keep their lives.

Camillo: Take it easy. Majesty, (망설임) I will follow your order. I will kill the Bohemian king.

Leontes: (사악한 미소를 띠며) Oh, you are my faithful subject. I will rely on you.

(Camillo 퇴장)

Leontes: Antigonus!

Antigonus: Yeh, Majesty.

Leontes: It seems abnormal to me! Camillo might revolt against me. Antigonus! If the course of events were abnormal, you should kill them.

(불 꺼짐)

(Sicilia 궁전)

Camillo: Ah! Pitiful Queen! How can I kill Polixenes! (고민에 잠긴다.) The only way for me is escaping this castle. Yes or No, any of these answers must bring me a destroy. Oh, a lucky star! Please keep my road.

Polixenes: Oh, God. Keep the Queen! Oh, Camillo is coming here. (Camillo 등장) Hi, Camillo!

Camillo: Yes. Your Majesty.

Polixenes: How about the Queen? Prince? Or Princess? Let me know it quickly!

Camillo: (독백) I should say about this. If not, this innocent person may be killed. Majesty, I'm sorry. (Polixenes에게) Oh, lord. It isn't proper time to say such a thing. To tell the truth, I was ordered to kill you from Leontes.

Polixenes: What? Is it true? What's the reason?

Camillo: Our king think that you and the Queen made a licentious behavior.

Polixenes: Why does he think so? (Antigonus 등장해서 엿듣는다.)

Camillo: I don't know, but to escape from this danger is more important than to find the reason. Please believe me and leave here tonight.

Polixenes: Oh, my God. I can't believe it. Why should Leontes say that on earth? Camillo, do you believe my innocence?

Camillo: Yes, Majesty. You're absolutely innocent.

Polixenes: Oh, what should I do? . . . Camillo, I believe you. Let's go.

Camillo: Yes, Majesty. Your decision is right. (Antigonus가 나가려는 두 사람을 저지한다.)

Antigonus: You are a traitor. . . . I will kill you.

Camillo: No, I'm not a traitor. We should not fight with each other.

Antigonus: I should follow my lord. You are a traitor and I should kill you. (칼싸움)

Camillo: Majesty, escape from here. (Polixenes가 먼저 도망친다. Camillo가 Antigonus의 칼을 날려 버리고 목에 칼을 들이댄다.)

Camillo: I don't want to make you bleed any more. You shall know my true intention in the future. Bye bye.

(불 꺼짐)

(*The Winter's Tale* 2막 1장 공연장면)

Act II

(Sicilia 궁전)

(Leontes가 무대 위에 있다.)

Leontes: Camillo! Camillo! (왔다갔다하며 고심한다.)

Antigonus: (황급히 달려와서) Lord!

Leontes: Antigonus! How did it become? Did Camillo kill Polixenes?

Antigonus: Camillo and the Bohemian king escaped by ship last night.

Leontes: What? How dare they do it? Camillo betrayed me. It's a conspiracy of them who try to deprive my life and crown. I was reduced to their toy. Their toy. . . .

(Paulina 아기를 안고 등장)

Paulina: Lord, you look pale. I came with a happy news. The Queen gave birth to a pretty princess. (Leontes에게 다가가) Her name is Perdita.

Leontes: (비꼬며) Perdita? My child? (비웃음) It sets me to laughing. (흥분해서) The baby isn't mine. She is Polixenes' child. Take this baby out of here! Right away! Quickly!

Paulina: Did you say "a love child"? Bohemian king's child? No, she is your child. Doesn't she look like you?

Leontes: Shut mouth. You say, she is my baby? Antigonus! Take the

24

child and burn her to death.

Antigonus: But . . . Majesty. This will be bound to result in bad. Consider it once more.

Leontes: OK. I will accept your suggestion. I shall not kill the child. But take her out of here and throw her on a waste land.

Antigonus: But . . .

Leontes: Why? Won't you follow my order? If you don't follow my order I shall kill all of them, Antigonus and Perdita.

Antigonus: Yes, lord. I will follow your order. (Paulina 쪽으로 다가가)

Paulina: Antigonus, are you mad? No, Majesty is committing a horrible mistake.

(Antigonus가 Paulina에게 귓속말로 무엇인가 말한다.)

Antigonus: (Paulina에게) Princess, I will protect you. Please believe me.

Leontes: What are you doing? There is no time to hesitate. Kill her quickly, Antigonus, quickly.

Paulina: (목걸이를 아기에게 건네주며) Princess, this is the necklace of Queen. The necklace will keep you from any danger. Oh, my princess, princess . . . (운다) (Antigonus 퇴장) How should man abandon his child! He shall regret terribly and feel a horrible pain. (Hermione 등장)

Hermione: Paulina, Oh, Paulina! What's the matter? Your Majesty, did you see Perdita, your beautiful daughter? She looks like her father, doesn't she?

Leontes: Perdita? My daughter? She isn't my daughter. She is the daughter of Polixenes, who made a merrymaking with you. Perdita is already dead. Are you sorrow? Maybe, she might be a prey of wolf in the mountain.

Hermione: Majesty, you are misunderstanding something. Oh, no! How . . . desert . . . Perdita. . . .

Leontes: (말을 자르며) Queen, you are mistaking Polixenes for Leontes. You are a traitor. Oh! dirty . . . dirty!

Hermione: Oh, no! It's absolutely not. You must regret in the near future. You will regret your evildoing. You insulted me and deserted your daughter, Perdita. (운다.)

Leontes: What? You say, I shall regret? Of course I dearly loved you. How should you treat me like this? You are a foul woman! (때린다.)

Paulina: How should you treat Queen like this? It's enough for you to desert the princess. How . . . how you should . . . ?

Leontes: Shut up! Is there any one? Put these women to the prison, right away! Quickly!

(관리가 등장하여 Hermione와 Paulina를 끌어내려 한다.)

Hermione: How could you do like this to the queen? Stop, stop it! (관리의 칼을 빼앗는다.) (Leontes에게) Should you make me disgraceful? And should you make the princess, who is the only one to you and me and to the people. I haven't hoped for you to regret, but this time you must regret. I, Hermione, am absolutely innocent. (스

스로 자신의 배를 찌르고 죽는다.)

Paulina: Her Majesty! (다가가서 확인한다. 죽었는지 살았는지 확인한 후에) (독백) Our Queen is still living. Hush! Keep it secret to the king. (Leontes에 게) Our Queen. . . . Queen is dead! Oh, her Majesty. . . . Your Majesty, you killed the Queen.

Leontes: What? Is my wife dead? Oh, no! (Hermione에게 가려고 하지만 Paulina가 막아선다.) Open, open your eyes. Look, look at me. (운 다.) (갑자기) Perdita, save my daughter, Perdita. Is there anyone?

Clerk: (안으로 등장) Yeh, Majesty.

Leontes: Where is Antigonus? Find and bring Perdita to me! Quickly.

Clerk: Yeh, Majesty. (퇴장)

(Leontes 어쩔 줄 몰라 하며 Hermione에게 다가가서 용서를 빌며 얼굴을 적신다.)

Leontes: Oh, my darling Hermione. Forgive . . . please forgive me.

Paulina: Oh, lord. You committed an irrevocable sin. It's too late for you to regret.

(Clerk 등장)

Clerk: Lord, Majesty. They say, Antigonus has already left by ship.

Leontes: What? Already left? Ah! I was foolish. My egoistic mind incited the doubt in me and it made me send the love, the friendship, and the righteousness. Ah . . . (포효) I am sorry. I am terribly sorry. Any penalty shall not be able to compensate for my evil behavior. I must receive heaven's curse. (흐느껴 운다. 분에 못 이겨)

(불 꺼짐)

(Bohemia의 한 숲. 음침한 분위기)

(곰의 포효 소리 후에 Antigonus가 곰에게 상처를 입은 채 등장)

Antigonus: Oh, my poor princess. (아기 내려놓음) Perdita, my princess, forgive me. I cannot keep you. I, Antigonus, die without keeping my promise with my Queen. (앞으로 나와 공주를 한 번 본 뒤 죽는다. 천둥소리, 아기 울음소리)

(밝아진 조명, 새 소리. 광대, 달려나오며 등장)

Clown: To be caught is to die. Help me! Please help me!

Shepherd: Hey, stop. Stop there. What are you doing? If I catch you, I will treat you cruelly.

Clown: Ouch! . . . Father, forgive me, father. (시체 발견, 약간 놀란다.) Ah! Father . . . dead . . . a dead body!

Shepherd: What? A body? Don't be fearful. This man has been dead. Do you want to confirm?

Clown: No, father. Don't approach it.

Shepherd: No, kidding. (시체를 보고서는 광대보다 더 놀라면서 넘어진다. 광대는 아버지를 보며 웃는다. 아버지는 능청스럽게 일어나서 옷을 털며) It's nothing peculiar.

Clown: What's this? (아기를 주워들며) Oh, my God! It's a baby, a very pretty child! (메모지를 발견한다.) What's this? (읽는다.) Pe-r-di-ta! Father, the name of this baby is Perdita. Shall we bring this baby to our house?

Shepherd: No. It's hard time to make a living for only our family. Nay. And maybe someone else who find this baby shall bring up her better than we. Now, let's go.

Clown: Gold! A lump of gold! Father, here is a lump of gold! (상자를 열어 본다. 그러자 Shepherd가 달려와서 금을 안고 좋아한다.) Father, we became rich.

Shepherd: (아기를 다시 안고서) Pretty Perdita, from now on I will be your father, you know? Oh, my cute baby. Let's go.

Clown: Well, father! Why do you change your words?

Shepherd: When? When did I change . . . ? You may not follow me if you want. I will live with this pretty Perdita. (Perdita에게) You are the blessing of my house. (기쁜 표정을 지으며 퇴장)

Clown: Shit! I might receive hatred from my father because of that baby. What can I do . . . ? (고민하다가) OK. There is a good idea. Perdita! You shall be made to go out of my house by me, your elder brother. Then, I might receive all the love of my father. (회심의 미소를 짓는다.) Oh, father, go with me. (퇴장)

Man's voice: Now, I would like to ask a favor of you. I will skip the accidents that has happened during the 16 years. 16 years after . . .

(불 꺼짐)

(*The Winter's Tale* 3막 1장 공연장면)

Act III

(목장으로 가는 길)

(Autolycus가 등장. 곧이어 Shepherd 등장하자 Autolycus가 그를 보고 숨는다.)

Autolycus: Oh! A pigeon! That's a good prey!

Shepherd: (돈을 던지며 걸어온다.) Just a minute. . . . How much would it be? One, two, three . . . (Autolycus가 Shepherd에게 쓰러지듯 부딪친다. 돈주머니가 떨어지고 Autolycus가 밀어낸다.) What's this! Keep your eyes widely open!

Autolycus: Help me, help me! Ah, I'm starving. I've never eaten for a few days. Watch my belly! (숨을 들이켜 배를 홀쭉하게 만든다.)

Shepherd: You . . . you must be a beggar. (비꼬듯이) I'm a millionaire, then shall I give you some money or not? Give or not? Hahaha . . . It's very interesting.

Autolycus: (넘어지며 돈주머니를 가린다.) No, you're welcome. (돈주머니를 무대 밖으로 던진다.)

Shepherd: Hey, a crazy guy! I had no mind to help you, you know? (퇴장)

Autolycus: Hurrah! How much money do I have now! I, Autolycus, will stand treat for my beautiful missies. (Autolycus가 무대 밑으로 가서 누더기를 벗고 돈을 줍는다. 관객들에게 돈을 주는 행동을 한다. 이때 Florizel 등장)

(Florizel이 무대 위에서 고민에 잠겨있는데 Autolycus가 그를 발견하고 다가간다.)

Florizel: Oh, my happy days when I was with her! But now, we turned away. I am miserable. I cannot feel the meaning of the word, love.

Autolycus: Who am I? (반응이 없자) What's your problem? I'm very happy, today. I found some money by chance. (돈 자랑을 한다. 그러나 Florizel, 무표정하게 바라본다.)

Florizel: (한숨을 내쉬다가) Autolycus, do you know what sincere love is?

Autolycus: (의아해 하며) Sincere love? Why? Why do you ask me that question?

Florizel: What should I do? My father is trying to force me to marry a woman whom I don't love.

Autolycus: In this cannon, there is a beautiful girl. Would you like to go and see her? Maybe, if you see her, you will change your mind.

Florizel: I don't care for it. (한숨만 쉰다.)

Autolycus: Oh, Florizel. Let's go, shall we? Your disturbed mind will find peace a little.

Florizel: . . .

Autolycus: I will regard your answer as "yes." See you here tomorrow. Bye bye! (퇴장)

Florizel: Oh God! Please give me a beautiful and sincere love.

(불 꺼짐)

(목장으로 가는 길)

(Florizel 자기 방에서 옷을 차려입고 나가려는데 이를 Camillo가 숨어서 보고 있다.)

Camillo: Florizel, Prince!

Florizel: Oh, my God! Camillo found me. I shall run away.

(무대에 Perdita가 있고 그 옆을 Autolycus가 지나간다.)

Florizel: Camillo is very strenuous. I cannot run away any longer. (망토를 벗어 Autolycus에게 던진다. Perdita와 Florizel 키스한다.)

Autolycus: Wow! Wonderful fashion! (Autolycus는 좋아하며 망토를 입고 간다. Camillo가 등장해 Autolycus를 붙잡는다.)

Camillo: Prince!

Autolycus: Who are you?

Camillo: Oh, no. You are not my prince. Didn't you see my prince?

Autolycus: I don't know, but let's look for him together. Prince. . . .

Shepherd: Oh, good thing. . . . Wait. (Shepherd가 등장해서 Perdita를 발견한다.) That's Perdita. Hey, Perdita!

(이때 Camillo가 Florizel 발견한다.)

Camillo: Prince!

Florizel: Oh, my God. Camillo recognized me. Let's get away.

Perdita: Why, why are you going to run away? (Perdita와 Florizel이 도망간

다. 쫓으려던 Camillo와 Shepherd가 부딪친다.)

Shepherd: Ouch! I'm feeling a pang in my whole body. . . . Ouch!

Camillo: (어쩔 줄 몰라 하며 돈을 꺼낸다.) Receive it!

Shepherd: Ouch! The pang is getting more serious.

Camillo: All right, let's give up! Stop! Prince! Stop there please!

Shepherd: Hahaha. . . . How much is this? (퇴장)

(Camillo와 Autolycus는 왕자를 쫓아간다.)

(Perdita와 Florizel이 뛰면서 등장.

Perdita가 Florizel의 뺨을 때리려고 든 손을 Florizel이 잡는다.)

Perdita: What are you doing?

Florizel: I'm sorry. (Perdita가 때리려고 하나 Florizel이 막아선다.)

Perdita: Who are you to do this rude behavior?

Florizel: Oh, sorry. I cannot choose but to say "sorry."

Perdita: Let me know your identity. Why are you trying to run away?

Florizel: I'm Florizel, the prince of Bohemia.

Perdita: Oh, Majesty! (무릎을 꿇는다.) I'm very sorry for not recognizing you.

Florizel: That's no problem. Stand up! This accident originated from my mistake. The unescapable rudeness changed my destiny.

Perdita: What . . . ?

Florizel: You are beautiful. What's your name?

Perdita: My name is Perdita.

Florizel: Perdita! Your name is also beautiful. Oh! Perdita. You became my indispensable sunshine in my life.

Perdita: Don't mention it, Majesty. I don't deserve it.

Florizel: No, I say it with my true heart. (Camillo가 Florizel을 부른다.) (급하게) Perdita! I'd like to see you again . . . See you here tomorrow. Come here tomorrow, will you? I'll wait you. Bye bye. (달려간다.)

Perdita: (입술을 만지며) It seems like magic. I fall in love with him. I came into this world just to meet you. Oh, prince!

(불 꺼짐)

(목장으로 가는 길)

(Autolycus와 광대가 무대 위에 있다.)

Autolycus: Who is he? Maybe I've seen him many times. . . . OK. Oh dear! What should I do?

Clown: What's the problem?

Autolycus: Would you like to hear a shocking story?

Clown: OK. What's that?

Autolycus: There was a man who told me his secrets. Then he was identified as the Bohemian prince. What's the best thing for me to do?

Clown: He must be crazy. How can he say his secrets to you! It's more shocking to talk his secrets than he is the prince. Then, what's the secrets? Tell me about his anguish.

Autolycus: But he was a humanist, I think. Oh, no . . . Man should keep the ties of friendship. No. . . .

Clown: Hey, tell me. What's the reason not to tell? I've never seen your faithful attitude before. Oh! Here comes the chicken.

Autolycus: Who? Where? (이때 Perdita 등장)

Clown: (비꼬듯) Oh, a beautiful chicken, Perdita, who is receiving all the love of my father. Autolycus, let's offend her.

Autolycus: OK. (둘 다 Perdita에게 다가간다.)

Clown: Hey! Perdita, a deserted child! Aren't you happy? You bought off our father.

Perdita: No, I didn't buy off our father. What are you saying? I only love my father. And our father loves you, too. But he doesn't express his true feeling.

(Clown과 Autolycus가 Perdita를 계속 괴롭힌다. 이때 Florizel 등장)

Florizel: What are you doing now?

Clown: I'm giving her some advice because I am the elder brother of this girl.

Florizel: Don't touch her. (친다.)

Clown: Why? She is my sister. It's my own business. (신경질 내며 Florizel 과 싸우고 Autolycus가 말린다. 광대가 쫓겨 나갔고 Florizel은 가다가 멈춰서 다 시 돌아와서)

Florizel: Are you OK?

Perdita: OK. You?

Florizel: How dare he disturb my beautiful woman. I can't tolerate it!

(Perdita가 Florizel을 말린다.)

Perdita: Take it easy. My brother is only teasing with me.

Florizel: But. . . .

Perdita: I don't care whether my brother likes me or not. (사랑스럽게) This beautiful flower, the tree and wind are enough for me to please.

Florizel: (독백) Ah! Why haven't I found that beautiful woman till now. I think you have the same heart as I. But as for me, it seems as if the time stopped for me now.

Perdita: What? What do you mean?

Florizel: Your beauty made the beautiful flower disappear nowhere, and your beautiful voice made the birds stop their chattering.

Perdita: (부끄러워하며) Don't mention it. I'd like to invite you to the feast that will be celebrated in our cannon. That is the feast of cutting wool. I've owed you much gratitude up to now.

Florizel: Thank you. I'll do it.

Perdita: Prince, I've been happy with you today.

Florizel: I feel sorrow . . . because I must leave you now.

Perdita: Majesty, I shall feel the same as you. It will be very hard to live without you. I'll miss you. Good bye. (볼에 키스하고 Florizel 퇴장)

(불 꺼짐)

(*The Winter's Tale* 4막 1장 공연장면)

Act IV

(Shepherd의 목장)

(Perdita, Shepherd, Clown이 축제를 준비한다. Polixenes와 Camillo가 변장을 한 채 등장)

Polixenes: I'm a king. Is it necessary for me to do this by myself? (옷을 벗으려 한다.)

Camillo: Majesty, you shouldn't do that! (왕의 옷을 다시 입혀 준다.) I received a message that the prince, Florizel is coming here.

(Polixenes가 기침을 한 후 옷을 챙긴다.)

Camillo: The prince, Florizel, must participate in today's party.

Polixenes: Is it true?

(Camillo 헛기침을 한다. Shepherd 달려와서 인사)

Shepherd: Welcome. Now, we are ready. Wait a moment, please. Perdita, come on and meet the guests.

Perdita: Yes, father. Welcome to our party. God bless you two. Wait a moment, please.

Clown: How are you, Majesty . . . (Polixenes 얼굴에 이상한 것을 떼어 내려고 한다.)

Polixenes: Why!

Camillo: What are you doing, clown? Stop this rude behavior.

Clown: Oh, I'm sorry. Only because it seems strange to me. Have a happy time!

Polixenes: Damn. How dare you touch the king's face? I cannot tolerate it.

Camillo: Oh, Majesty, take it easy. You should find the prince, Florizel here.

Florizel: (멀리서 Perdita를 부르며 뛰어온다.) Oh, Perdita! I've hurried to meet you here. Perdita! I might go blind with your beauty. (Florizel과 Perdita 다정스럽게 대화를 나눈다.)

Camillo: This is the lass I told you about.

Polixenes: Really? Um . . . she is extremely beautiful.

(Shepherd가 축제의 시작을 알림)

(노래와 춤이 이어지고 춤을 추며 사랑을 확신한 Perdita와 Florizel, 그리고 등장 인물 모두 흥겹게 춤을 추며, Autolycus는 눈치 없이 남아서 노래를 부른다.)

Shepherd: Stop! I can't bear listening to the sounds!

Autolycus: Nay, don't say that! Oh, I've never met a lass as beautiful as you. (키스하려 한다.)

Shepherd: Are you crazy? Are you the man who stole some money from me?

(Shepherd와 Autolycus는 퇴장하고, 뒤쪽에서 Polixenes와 Camillo 지켜보고 있다.)

Florizel: Perdita, you are a good dancer.

Perdita: Oh, don't mention it. You're better than I.

Florizel: Today, your beauty seems to be more prominent than ever. (둘 다 쑥스러워한다.) I can feel your ardent love for me. Now, I would make it public. Perdita, I love you. I want to marry you.

(Shepherd 등장)

Shepherd: He was very strong. Oh, it was very hard for me. Then my money? Ouch! Ouch! What's that?

Florizel: (Perdita와 키스하려 하자 Shepherd가 헛기침을 한다.) I've fallen in love with your daughter, Sir. Please allow me to marry her.

Shepherd: But . . . daughter! Do you have the same feelings as he?

Perdita: I cannot say such wonderful words. I cannot choose but to believe him and to follow him.

Shepherd: Hold his hands. (공표하듯이) All is done. I'll give my daughter to this lad.

(Polixenes와 Camillo가 앞으로 나온다.)

Polixenes: Wait a moment. Does your father know about this?

Florizel: No, he doesn't. And I'll not tell him.

Polixenes: Nay! You should invite your father to your wedding ceremony.

Shepherd: Let him know. He will not reject your proposal.

Florizel: No, I will not do that. My father . . .

Polixenes: (화가 나서 망토를 벗어 던진다.) What! I'll become a testifier in the breach of promise of your marriage. I'll not call you my son if you do this.

Shepherd: Did you say "my son"? Oh, my God! Hey, are you his father?

Polixenes: Yeah. I'm his father. (Perdita에게) You must know your place! Camillo, keep him from going out! (퇴장)

Shepherd: Oh, Majesty. Forgive me! (퇴장)

Camillo: Prince, go away quickly. It's not the proper time now. Go away.

Florizel: I cannot leave my Perdita. . . . Oh, no!

Camillo: Oh, my Prince! I am sorry. . . . (Florizel이 저항하지만 Camillo에 의해 끌려 나간다.)

Florizel: Perdita, I'll come and take you soon. Please wait for me till then.

Shepherd: What? Prince? Then the old man must be the king of this land. Oh, my God! Wait . . . Stop, stop there . . . Hey!

Perdita: Oh, my prince! . . . (운다.)

(불 꺼짐)

(Florizel의 방)

(Florizel이 자신의 방에 혼자 갇혀 있다.)

Florizel: Why things became worse like this! How glad I might be if my father was not there. (큰 소리로) Perdita! Perdita! It seems to me that I made a great mistake to you. You made open my eyes for love. If I could get out of here, I would run to you immediately. If I were a bird, I would fly to you and turn around you. But I cannot do such an action . . . forgive me. Sorry . . . sorry (운다.)

Camillo: Oh my prince . . .

Florizel: Camillo! You are the only man who can help me now. Help me. . . . Please help me. I believe that you can better appreciate me than anyone else.

Camillo: 16 years have passed since I met you. Now I hope to take pride in you because you grew a man who can feel love for woman. But prince! You are the prince of this land and the woman who will marry you is but a daughter of shepherd. The marriage between you and the humble woman is never harmonious.

Florizel: (말을 가로막으며) Camillo! You also think like that? If you said it from the bottom of your heart, I had made a great mistake in

46

making friends. I hope that your saying is not your true mind. (흐느끼듯 조르며) Camillo! Help me please. I cannot live in this world without my darling, Perdita. If I live with Perdita, I will appreciate all the situations against me. Even though I became a deaf or a blind, I will accept it gladly. I can discard my life. Can you understand me?

Camillo: Prince . . . I can understand but I am afraid of your future . . . OK, I will assist you as possible as I can. Can you believe me?

Florizel: Camillo! Thank you. You are my faithful friend.

Camillo: I have an idea. How about asking a help of Sicilian king?

Florizel: How?

Camillo: Your father has had deep friendship with Sicilian king since they were young. If the Sicilian king, Leontes agree with you, you will take more advantageous position. What your opinion about this?

Florizel: Camillo, thank you. You gave me a lot of hope. (웃으며 힘차게 퇴장)

Camillo: I should tell this to the king. (Shepherd와 Clown 등장)

Shepherd: Hello, I came to ask you to forgive my mistake. (이때 Polixenes 등장)

Polixenes: Are you Perdita's father?

Shepherd: Yes, I am. Majesty, forgive me.

Camillo: Oh, lord. Prince and the shepherd's daughter ran away to

Sicily.

Polixenes: God damn! He betrayed me again. Get ready to go to Sicily, right away! (Shepherd에게) You should take charge of your daughter. When I find the prince, I will come down hard on it.

(Camillo, Polixenes 퇴장)

Shepherd: (겁먹은 듯) Yes, Majesty. (독백) It's all over for me!

(불 꺼짐)

48

(목장)

(Perdita가 외롭게 앉아 있다.)

Perdita: It's all over. Oh, God! Help my prince and me. (슬픔에 잠긴다.)

Florizel: Perdita, I came back. The world without you has no meaning for me. Honor, fortune, all of these have no meaning to me. Let's leave here together. I'm miserable but I'm not afraid of anything, because I can go with you.

Perdita: But . . .

Florizel: (말을 자르며) Let's go. If you follow me, you shall be happier than anyone else. Oh, Perdita! Anything in this world can never prevent us from loving each other. I will love you forever and will not exchange you with anything in the world. Can you believe me? Can you feel the mighty of our love? OK. Let's go.

Perdita: Thank you, prince. (Florizel과 함께 퇴장)

(불 꺼짐)

(*The Winter's Tale* 5막 1장 공연장면)

Act V

(Sicilia 궁전)

(Leontes 무대 위에 혼자 있고, 나팔 소리가 울린다.)

(밖에서)   Majesty, a Bohemian prince accompanying a beautiful woman came to see you.

Leontes: What? Did you say "a Bohemian prince"? Tell him to come in. Oh . . . at last . . . then . . . what's his affair? . . . It does not fit the behavior of a prince, I think. (Florizel과 Perdita가 들어옴) Welcome. Where is your father now? What's your affair?

Florizel: I came here, Sicily, acting on my father's behalf. My father, Bohemian king, ordered me to inquire after you. He said you were the same king as his brother. (Paulina 등장)

Paulina: Majesty, the Bohemian king came here. Then he asked you to arrest this prince.

Leontes: Prince! I'm puzzled now. How is it going?

Florizel: Majesty, this woman is bound to marry me. But my father is against our marriage. The status drove him to oppose our marriage. Majesty, help me. Please help me.

Leontes: OK. I'll meet your father, the Bohemian King. (Polixenes, Camillo, Shepherd, Clown 등장)

Polixenes: (가벼운 인사를 한 뒤 화를 내며 들어온다.) Florizel! How could you do like this? How could you discard your father and choose that woman? Are you really my son? (Perdita를 보며) You are a low-born woman! (떤다.)

Leontes: Oh, take it easy. And let's listen to that old man. Maybe he has an excuse about this.

Shepherd: (독백) In this situation, honesty is the best policy for me to escape from this emergency. (모두에게) To tell the truth, that girl is not my daughter. (Perdita 놀란다.)

Clown: That's right. She does not have the same kind of blood as we.

Perdita: Oh, father . . .

Shepherd: Listen to me. So far I've kept a secret from you. 16 years ago, I found a dead man and a baby crying beside him. I brought her to my house and nourished her. And now she has grown to this beautiful girl. (물건을 꺼내며) I found these things beside the baby at that time.

(Paulina 빠른 걸음으로 다가온다. 물건들을 보며 놀란다.)

Paulina: Did you happen to find a necklace?

Perdita: Um . . . I've worn a necklace since my youth. Is this the one?

(목걸이를 꺼낸다. Paulina가 목걸이를 보고 놀란다.)

Paulina: This must belong to our queen. That girl must be our princess. Majesty, this girl must be your daughter.

Leontes: (놀라며) Is all this true?

Paulina: Yes, it's true. (당황하는 Perdita)

Leontes: (Perdita에게 다가서며) Come to me. Are you really my daughter. (울면서 포옹한다.) Oh, my daughter. Forgive me. It's my fault. Please forgive me. I wish your mother were with us now.

Shepherd: Oh, dear. At last you found your lineage. Go . . . go to your own father. (다가오는 Leontes)

Leontes: (Shepherd에게 다가서며) I'm much obliged to you. I'll fully recompense you for bringing up my daughter.

Shepherd: Yeah, thank you, Majesty.

Perdita: (한 번 더 Shepherd를 쳐다보며) Father! (다시 Leontes를 바라본다.)

Paulina: (무릎을 꿇으며) I'm Paulina. Let me make a bow to you, princess.

Polixenes: I'm sorry, Perdita!

Florizel: (다가서며) Father, I would like to ask you to forgive my rudeness.

Paulina: Now, it's time to reveal all of our secrets. Follow me. We should meet someone. (퇴장)

(불 꺼짐)

(Sicilia 궁전)

(Paulina를 선두로 모두 등장)

Paulina: Come here.

Leontes: Who is on earth the man I should meet?

Paulina: Before our meeting I have something to ask you. Majesty, what do you think about your remarriage?

Leontes: What? What are you saying now? I've never expected you to advise me to forget Hermione. I'll go out of here.

Polixenes: Majesty, it is not relevant to keep the queen's seat vacant for a long time.

Paulina: Yes, Majesty. Your remarriage is necessary for you and your land. And now you should consider the stand point of your princess.

Leontes: How . . . How could I . . . remarry . . .

Paulina: (Leontes의 말을 자르며) First, meet her. Then your mind will change. (Hermione 들어온다.) This is the woman. (Leontes를 제외한 모두가 무릎을 꿇는다.)

Leontes: (쳐다보지 않음) I lost my lover on account of my momentary mistake. Even if I were to marry that woman, I couldn't forget my old woman. (뭔가를 말하려고 고개를 돌린다.) I'm sorry but . . . (그 녀가 Hermione임을 알아차리고 놀란다.) Hermione!

Hermione: Majesty. Let me make a bow to you.

Leontes: You . . . are you really Hermione?

Hermione: (고개를 끄덕인다.) Yes, Majesty.

Leontes: (무릎을 꿇고) I'm sorry. Forgive me.

Hermione: (Leontes를 일으킨다.) Stand, stand up please. I forgave you a long time ago.

Leontes: Thank you, queen.

Paulina: Queen! This is princess, Perdita, your daughter.

Perdita: Oh, no. I don't know what's true. Up to now, I have had no mother and I haven't experienced mother's love. I cannot accept all this that has happened to me so abruptly. (울먹거린다.)

Hermione: Come on, my child. Forgive your mother. How much have you been distressed up to now? (토닥거리며) My princess, please tell me where you were rescued and raised and how you came to your father. You have not felt any maternal love till now. I am very sorry. I will never desert you. Oh, my daughter, I love you.

Perdita: (울며) Mother . . .

Hermione: Oh, my daughter. Don't cry. My daughter, Perdita!

Leontes: (Polixenes에게) Oh, sorry. I came near killing my old and sincere friend through my doubt. Forgive me.

Polixenes: I already forgave you.

Leontes: We regained our friendship. Polixenes, I want to become more friendly with you through the marriage of your son and my daughter.

Polixenes: OK. That's good! Hahahaha . . .

Leontes: Today is a extremely happy day. Let's share this pleasure with all of us. And my darling, Hermione! I'll not let you leave me. I love you forever. . . . (포옹)

(불 꺼짐)

(Sicilia 궁전)

(Perdita와 Florizel의 결혼식 진행)

– The End –

The Winter's Tale

TRANSLATION SCRIPT

Act I

(Sicilia 궁전)

(Leontes와 Hermione가 다정스럽게 웃으며 등장한다.)

Leontes: 오늘 날이 아주 맑아요. Hermione! 오늘은 당신 모습이 너무 아름답소.

Hermione: 감사합니다. (웃는다.)

Leontes: 왕비, 건강은 어떠시오? 곧 출산할 날이 가까워지고 있지 않소?

Hermione: 전하, 건강은 좋습니다. 곧 태어날 아기를 볼 생각을 하니 저는 마음이 무척 기뻐요. (이때 Polixenes가 등장한다. Hermione는 Polixenes를 보고 나서 Polixenes에게 다가간다.) (Polixenes에게) 좋은 아침입니다. 뭐 불편하신 점은 없으세요?

Polixenes: 전혀요. 여기는 저에게 아주 편안한 곳입니다. (웃는다.) (그러다 Leontes를 발견하고) 아! 폐하! 어서 오십시오. (Leontes와 간단한 인사)

Leontes: 어떠세요?

Polixenes: 좋습니다. 여기에 8일간 머물 예정인데, 너무 오래 있어서 죄송합니다.

Hermione: 전하, 옷에 무엇이 묻었네요. (옷을 닦아주며, 계속 다정한 대화를 나눈다.)

Leontes: (화를 내면서, 독백) 저 후히 접대하는 모습? 저렇게 서로 손가락을 끼고 손을 만지며, 서로 거울 보듯이 마주보며 미소를 짓고. 아! 미칠 것 같구만!

Polixenes: 왕비께서 좋아하시는 그 정원을 산책하고 싶군요.

Hermione: 네, 좋은 생각이에요. 잠깐만 기다리세요. (Leontes에게 다가간다.) 폐하, 무슨 일 있으세요? 안색이 좋지 않군요.

Leontes: (신경질적으로) 괜찮소. 특별한 일 없소.

Hermione: 폐하, 그럼 Polixenes 폐하와 함께 정원을 거닐고 있겠습니다. 찾으실 일 있으시면 불러 주세요. (인사하고 물러난다.)

Polixenes: (Leontes에게) 폐하, 그럼 저도 물러가겠습니다.

(Leontes에게 인사하고 Hermione와 함께 퇴장)

Leontes: 쳇! 가버렸군. 정말 그럴까 했었는데 . . . 내 짐작이 맞구만 . . . Hermione! 어떻게 나를 배신할 수 있어? 그리고 Polixenes와 . . . 여봐라?

Camillo: 예, 폐하! 여기 있습니다.

Leontes: Hermione와 Polixenes가 밖으로 나가는 것을 보았느냐?

Camillo: 예, 폐하! 서로 다정하게 재미나는 대화를 하시면서 밖으로 나가셨습니다.

Leontes: (흥분하여) 서로 다정해? 그대는 왕비의 부정한 행동을 보지 못했는가?

Camillo: 아닙니다, 폐하. 그 어떤 관능적 행동도 하시지 않았습니다. 그 말씀은 진정 폐하답지 못한 말씀이십니다.

Leontes: (흥분하며) 둘이 서로 좋아하며 손을 어루만지고, 서로 손가락을 끼고 서로를 거울 보듯이 보며 저렇게 서로 미소짓는 것 못 보았느냐?

Camillo: 아니옵니다, 폐하. 그것은 오해이십니다.

Leontes: 오해? 오해라고 . . . (미친 듯 크게 웃는다.) 자네 나보고 오해라고 했나.

(Paulina 급히 등장)

Paulina: 폐하, 지금 긴급 상황입니다. 곧 왕비님께서 출산을 할 것 같습니다. 속히 왕비님께로 가십시오. 제가 먼저 가 보도록 하겠습니다.

Leontes: Paulina, 뭐라고? 아기를 출산한다고?

Paulina: 예, 전하. 그러하옵니다.

Leontes: (한숨을 쉬고) 알았다. 그럼 너가 먼저 가 보도록 해라.

(Paulina 퇴장)

Leontes: 들었느냐? 이제 더 이상 지체할 이유가 없다.

Camillo:	무슨 말씀이시옵니까?
Leontes:	너 바보냐? 지금 그 아기는 내 혈통이 아니라 Polixenes의 혈통이 틀림없어. 내 이 꼴을 더 이상 볼 수 없다. 내가 숨이 멎어 죽을 것 같다. Camillo 경, 그대가 Polixenes를 없애 주시오. 그는 나의 원수요. 그를 죽여서 나의 복수를 해 주시오.
Camillo:	오, 전하. 명을 거역할 수 없지만, Polixenes 전하께서 그러한 폐륜적인 행위를 하시리라고는 생각하지 않습니다. Polixenes 전하는 순결하고 미덕 있는 분입니다. 저는 믿을 수 없어요.
Leontes:	뭐, (칼을 꺼내며) 지금 나에게 반기를 들어? 그대가 내 명을 거역하면 그대는 물론 그대의 가족들 모두 목숨을 보전하지 못할 것이오.
Camillo:	폐하! 진정하십시오. (망설임) 폐하의 말씀대로 거행하겠나이다. Bohemia 왕을 죽여서 저세상으로 보내겠습니다.
Leontes:	(사악한 미소를 띠며) 역시, 나에겐 자네밖에 없네. 자네를 믿겠네.

(Camillo 퇴장)

Leontes:	Antigonus!
Antigonus:	예, 전하.
Leontes:	상황이 예사롭지 않은 것 같네. Camillo가 반역을 할지도 몰라. Antigonus! 사건이 엉뚱하게 전개되거든 자네가 그들을 죽여야 하네.

(불 꺼짐)

(Sicilia 궁전)

Camillo: 아! 불쌍하신 왕비 전하. 내가 Polixenes 왕을 죽여야 하다니! (고민에 잠긴다.) 내가 할 유일한 길은 이 궁전을 탈출하는 것이다. 어명에 순종해도 거부해도 나는 죽는다. 행운의 별아 나를 좀 지켜다오.

Polixenes: 오 하느님, 왕비 전하를 지켜주소서! 아, 마침 Camillo 경이 오고 있군. (Camillo 등장) 이 보오 Camillo 경.

Camillo: 예, 폐하.

Polixenes: 왕비 전하께서 순산하셨는가? 왕자님 아니면 공주님? 어서 말해 보게.

Camillo: (독백) 내가 이 사실을 말해 버려야 돼. 안 그러면 죄 없는 사람이 죽을 수도 있어. 전하, 죄송합니다. (Polixenes에게) 폐하, 지금 그런 말 하고 있을 때가 아니옵니다. 사실, 저는 Leontes 전하로부터 폐하를 죽이라는 명을 받았습니다.

Polixenes: 뭐라고? 그게 사실이냐? 그 이유는 무엇이냐?

Camillo: 우리 폐하께서는 폐하와 왕비 전하가 불륜을 저질렀다고 믿고 계십니다.

Polixenes: 그렇게 믿게 된 이유가 뭐요? (Antigonus 등장해서 엿듣는다.)

Camillo: 저도 잘 모르겠습니다. 지금은 원인을 찾는 것보다도 이 위험한 사태를 피하시는 것이 더 중요합니다. 저를 믿고 오늘 밤에 여기를 떠나십시오.

Polixenes: 오, 맙소사. 믿을 수가 없군. 도대체 Leontes 전하는 왜 그렇게 말한다는 말인가? Camillo 경, 그대는 내가 결백하다는 사실을 믿소?

Camillo: 예, 폐하. 전하는 완전히 결백하십니다.

Polixenes: 이 일을 어쩌면 좋을까 . . . 할 수 없지. Camillo 경, 그대만 믿고 따라가겠소. 가십시다.

Camillo: 예, 폐하. 옳은 결정이십니다. (Antigonus가 나가려는 두 사람을 저지한다.)

Antigonus: 너는 배신자야. 내가 너를 죽일 거야. (칼싸움)

Camillo: 아니오, 나는 배신자가 아니오. 우리는 서로 싸워서는 안 돼.

Antigonus: 전하, 여기서 피하십시오. (Polixenes가 먼저 도망친다. Camillo가 Antigonus의 칼을 날려 버리고 목에 칼을 들이댄다.)

Camillo: 나 더 이상 당신을 피흘리게 하고 싶지 않소. 언젠가는 그대가 나의 진심을 알게 될 것이오. 안녕.

(불 꺼짐)

Act II

(Sicilia 궁전)

(Leontes가 무대 위에 있다.)

Leontes: Camillo, Camillo 경 . . . (왔다갔다하며 고심한다.)

Antigonus: (황급히 달려와서) 폐하!

Leontes: Antigonus! 어떻게 되었나? Camillo가 Polixenes를 죽였나?

Antigonus: Bohemia 왕과 Camillo가 지난 밤에 배로 몰래 달아났습니다.

Leontes: 뭐라고? 감히 이놈들이 . . . Camillo가 나를 배신했구나. 내 목숨과 왕관을 빼앗으려고 음모를 꾸민 것이다. 나는 그놈들의 노리개가 되고 말았다. 그들의 놀잇감이.

(Paulina 아기를 안고 등장)

Paulina: 폐하, 안색이 안 좋아 보이네요. 제가 기쁜 소식을 가져왔습니다. 왕비님께서 귀여운 공주님을 출산하셨습니다. (Leontes에게 다가가) 폐하의 아기 이름은 Perdita입니다.

Leontes: (비꼬며) Perdita? 내 아기? (비웃음) 웃고 있네. (흥분해서) 그 애는 내 애가 아니다. Polixenes의 아기란 말이다. 당장 애를 데려가라. 즉시! 빨리!

Paulina: 사생아라고요? Bohemia 왕의 아기라고요? 아닙니다. 아니오, 폐하의 아기입니다. 몸집은 작아도 아버지를 꼭 빼닮지 않았나요?

Leontes: 닥치시오. 저 아이가 내 아기라고? Antigonus! 당장 저 아기를 데려가서 화형에 처하시오.

Antigonus: 그렇지만 폐하, 이는 반드시 나쁜 결과를 초래할 것입니다. 한 번만 더 생각해 주십시오.

Leontes: 좋아, 그러면 그 아기를 살려 두기는 하겠소. 대신 이 아기를 데리고 나가 멀리 저 멀리 황막한 들판에다 버리고 오시오.

Antigonus: 예, 폐하.

Leontes: 왜? 내 명을 따르기 싫은가? 나의 명을 거역하면 Antigonus와 Perdita 모두를 죽일 거다.

Antigonus: 예, 폐하. 명을 따르겠나이다. (Paulina 쪽으로 다가가)

Paulina: Antigonus, 미쳤어요? 안 됩니다. 지금 폐하께서는 아주 큰 실수를 하고 계십니다.

(Antigonus가 Paulina에게 귓속말로 무엇인가 말한다.)

Antigonus: (Paulina에게) 공주님, 제가 보호해 드리겠습니다. 저를 믿으십시오.

Leontes: 뭐하고 있어? 지체할 시간 없어. 어서 그녀를 죽여라 Antigonus!

Paulina: (목걸이를 아기에게 건네주며) 공주님, 이것은 왕비님의 목걸이에요. 이 목걸이가 공주님을 지켜주실 겁니다. 오, 공주님 . . . (운다.) (Antigonus 퇴장) 어찌 자기 자식을 버릴 수가! 후에 무서울 정도로 후회하시고 고통스러워하실 것입니다. (Hermione 등장)

Hermione: Paulina, 오, Paulina! 무슨 일 있으세요? 폐하, 귀여운 폐하의 딸 Perdita를 보셨습니까? 꼭 부친을 닮지 않았어요?

Leontes: 내 딸 Perdita라고? 그 애가 왜 내 아기냐? Hermione 당신과 잘 놀아 난 Polixenes의 아기이지. Perdita는 이미 죽었소. 슬픈가? 아마 지금 그 아기는 산속에 늑대 밥이 되었을 걸.

Hermione: 폐하께선 무엇인가 오해하고 계십니다. 어찌! 어떻게 Perdita를 내다 버려요 . . .

Leontes: (말을 자르며) 왕비야말로 저 Polixenes를 Leontes로 오해하고 있소. 당신은 반역자요. 아! 지저분해. 지저분해!

Hermione: 아니에요. 절대 그렇지 않습니다. 나중에 틀림없이 후회하실 것입니다. 저를 모욕하신

일과 폐하의 자식인 Perdita를 버리신 일을 후회하실 것입니다. (운다.)

Leontes: 지금 후회라고 했던가? 물론 나 그대를 진정 사랑했지. 그런데 어떻게 당신이 나에게 이럴 수 있소. 당신은 더러운 여인이오! (때린다.)

Paulina: 어찌 왕비님께 이러실 수 있습니까? 공주님을 버리신 것으로 충분합니다. 어떻게 이렇게까지 해야 하십니까?

Leontes: 입 다물어! 누구 없느냐? 이 여인들을 감옥에 당장 가두어라! 어서!

(관리가 등장하여 Hermione와 Paulina를 끌어내려 한다.)

Hermione: 어찌 왕비에게 이렇게까지 하시옵니까? 그만하세요! (관리의 칼을 빼앗는다.) (Leontes에게) 저를 창피하게 만드셔야 합니까? 전하와 저와 이 나라 국민들에게 유일무이한 공주에게조차 . . . 폐하께서 후회하시는 걸 바라지는 않지만 이번 일만은 후회하실 겁니다. 저 Hermione는 결백하다는 말씀을 드립니다. (스스로 자신의 배를 찌르고 죽는다.)

Paulina: 왕비님 . . . (다가가서 확인한다. 죽었는지 살았는지 확인한 후에) (독백) 왕비님이 죽지 않으셨다. 쉿! 왕에게는 비밀로 해야겠다. (Leontes에게) 왕비님이 . . . 왕비님께서 돌아가셨습니다. 오! 왕비님! 폐하께서 결국은 왕비님을 죽이셨습니다.

Leontes: 뭐! 왕비가 죽 . . . 죽었다고? 오, 안 돼! (Hermione에게 가려고 하지만 Paulina가 막아선다.) 눈을 떠요. 나를 바라보시오. (운다.) (갑자기) 가서 Perdita, Perdita를 구해 오너라. 여봐라 누구 없냐?

Clerk: (안으로 등장) 여기 있습니다. 폐하.

Leontes: Antigonus에게 어서 가서 Perdita를 찾아오게. 어서.

Clerk: 예, 알겠습니다. 폐하. (퇴장)

(Leontes 어쩔 줄 몰라 하며 Hermione에게 다가가서 용서를 빌며 얼굴을 적신다.)

Leontes: 내 사랑 Hermione. 부디 나를 용서하시오.

Paulina: 폐하께서는 돌이킬 수 없는 죄를 지으셨습니다. 후회하셔도 지금은 이미 때가 늦었습니다.

(Clerk 등장)

Clerk: 폐하, 폐하! Antigonus 경이 이미 떠나 버렸다고 합니다. 배를 타고서.

Leontes: 뭐라고? 벌써 떠나 버렸다고? 아 . . . 내가 정말 바보였어. 나의 이기심이 의심을 부추겼고 그것이 나로 하여금 사랑과 우정과 정의를 떠나보내게 했네. 으아아 . . . (포효) 미안하오, 정말 미안하오. 그 어떤 처벌로도 나의 죗값을 치르지 못할 것이오. 난 천벌을 받아야 마땅하오. (흐느껴 운다. 분에 못 이겨)

(불 꺼짐)

Scene —— ii

(Bohemia의 한 숲. 음침한 분위기)

(곰의 포효 소리 후에 Antigonus가 곰에게 상처를 입은 채 등장)

Antigonus: 불쌍한 공주님. (아기 내려놓음) Perdita 공주님, 공주님을 지켜드리지 못함을 용서하여 주시옵소서. 저 Antigonus, 왕비님과의 약속을 지키지 못했기에 이렇게 죽겠습니다. (앞으로 나와 공주를 한 번 본 뒤 죽는다. 천둥소리, 아기 울음소리)

(밝아진 조명, 새 소리. 광대, 달려나오며 등장)

Clown: 난 잡히면 죽음뿐이다. 도와줘요!

Shepherd: 야! 이놈, 거기서! 너 거기서 뭐하고 있는 거냐? 너 잡히기만 하면 혼내 줄 거다.

Clown: 아이구 나 살려! 아버지, 용서해 주세요. (시체 발견, 약간 놀란다.) 아, 아버지 . . . 시 . . . 시체가!

Shepherd: 뭐라고? 시체라고? 두려워하지 마. 이 사람은 죽었어. 확인해 볼까?

Clown: 안 돼요, 아버지. 가까이 다가가지 마세요.

Shepherd: 아니, 농담이야. (시체를 보고서는 광대보다 더 놀라면서 넘어진다. 광대는 아버지를 보며 웃는다. 아버지는 능청스럽게 일어나서 옷을 털며) 별것 아니구만 그려.

Clown: 이건 또 뭐지? (아기를 주워 들며) 맙소사, 아기군! 귀여운 아기야! 예쁘게 생겼는걸! (메모지를 발견한다.) 여기 뭐가 있네! (읽는다.) Pe – r – di – ta! 아버지, 이 아기 이름이 Perdita인가 봐요. 아버지 이 아기 우리가 데리고 가서 키울까요?

Shepherd: 안 돼. 우리 식구 살기도 힘든데 한 식구가 더 늘면 안 돼. 다른 누군가가 데리고 가서 우리보다 더 잘 키워 줄 거야. 빨리 우리 갈 길이나 가자.

Clown: 황금이다! 황금 덩어리! 아버지 여기에 금이 있어요. (상자를 열어 본다. 그러자 Shepherd가 달려와서 금을 안고 좋아한다.) 아버지, 우리 이제 부자 됐네.

Shepherd: (아기를 다시 안고서) 귀여운 아기 Perdita야, 앞으로 내가 너의 아버지다, 알겠지? 귀여운 아가 가자!

Clown: 어! 아버지! 왜 말을 바꾸시죠?

Shepherd: 언제 말을 바꿔? 안 올 테면 오지 마라 녀석아. 그러면 난 Perdita와 같이 살 거다. (Perdita 에게) 넌 우리집 복덩이다. (기쁜 표정을 지으며 퇴장)

Clown: 쳇! 저 녀석 때문에 내가 아버지께 미움받게 생겼네. 어떻게 하지 . . . ? (고민하다가) 오케이. 좋은 생각이 있다. Perdita! 내가 늘 괴롭혀서 결국은 못 견뎌서 집 나가게 만들어 줄 거다. 그러면 다시 나는 아버지의 사랑을 독차지하게 되겠지. (회심의 미소를 짓는다.) 오, 아버지, 같이 가요. (퇴장)

Man's voice: 여기서 여러분의 양해를 구합니다. 16년 동안의 사건들은 넘어가도록 하겠습니다. 16년 후에 . . .

(불 꺼짐)

Act III

Scene —— i

(목장으로 가는 길)

(Autolycus가 등장. 곧이어 Shepherd 등장. Autolycus가 그를 보고 숨는다.)

Autolycus: 아, 저기 봉이 오고 있네. 저건 멋진 먹잇감이야!

Shepherd: (돈을 던지며 걸어온다.) 잠깐. 대충 총액이 얼마나 되지? 하나, 둘, 셋 . . . (Autolycus
가 Shepherd에게 쓰러지듯 부딪친다. 돈주머니가 떨어지고 Autolycus가 밀어낸
다.) 이거 뭐야! 잘 좀 보고 다녀!

Autolycus: 살려줘, 살려줘! 아이고, 나 죽네. 나 며칠 동안 아무것도 먹지 못했소. 내 배 좀 보시
오! (숨을 들이켜 배를 홀쭉하게 만든다.)

Shepherd: 너 거지잖아? (비꼬듯이) 내가 돈이 좀 많은데 좀 줄까? 말까? 줄까? 말까? 하하하 . . .
이거 참 재미있네.

Autolycus: (넘어지며 돈주머니를 가린다.) 괜찮습니다. (돈주머니를 무대 밖으로 던진다.)

Shepherd: 야 이 미친놈아, 줄 생각도 없어. 알겠나?(퇴장)

Autolycus: 야호! 모두 얼마인가 . . . 이 Autolycus가 예쁜 아가씨들을 위해 한턱내겠습니다.
(Autolycus가 무대 밑으로 가서 누더기를 벗고 돈을 줍는다. 관객들에게 돈을 주는
행동을 한다. 이때 Florizel 등장)

(Florizel이 무대 위에서 고민에 잠겨있는데 Autolycus가 발견하고 다가간다.)

Florizel: 오, 그녀와 함께했던 행복한 날들! 하지만 이제 돌아가 버렸어. 나는 비참해. 나는 사랑

이라는 단어의 의미도 느낄 수 없어.

Autolycus: 내가 누구게? (반응이 없자) 무슨 고민이라도 있어? 난 오늘 기분이 좋은데. 내가 돈을 주웠어. (돈 자랑을 한다. 그러나 Florizel, 무표정하게 바라본다.)

Florizel: (한숨을 내쉬다가) Autolycus, 너 진정한 사랑이 무엇인지 알아?

Autolycus: (의아해 하며) 진정한 사랑이 뭐냐고? 왜? 사랑 때문에 힘든 일 있어?

Florizel: 지금 내가 어떻게 해야 하나? 아버지께서 나를 좋아하지 않는 여인과 결혼을 시키려고 하시네.

Autolycus: 목장에 예쁜 아가씨가 있어. 가서 얼굴이라도 한번 보는 것이 어때? 아마 그 여인을 보면 너의 마음이 바뀔 것이 분명해.

Florizel: 그러기 싫어. (한숨만 쉰다.)

Autolycus: Florizel. 한번 가보자, 응? 그러면 너의 이 힘든 마음이 어느 정도는 풀릴 거야.

Florizel: . . .

Autolycus: 너의 답을 "예스"로 알게. 그럼 내일 이곳에서 만나기로 해. 안녕. (퇴장)

Florizel: 오, 하나님! 저에게 아름답고 진실된 연인을 주세요.

(불 꺼짐)

Scene —— ii

(목장으로 가는 길)

(Florizel 자기 방에서 옷을 차려입고 나가려는데 이를 Camillo가 숨어서 보고 있다.)

Camillo: Florizel 왕자님!

Florizel: 맙소사! Camillo에게 들켰구나. 도망치자.

(무대 위에 Perdita가 있고 그 옆을 Autolycus가 지나간다.)

Florizel: 끈질기게 쫓아오는군. 더는 못 달리겠다. (망토를 벗어 Autolycus에게 던진다. Perdita와 Florizel 키스한다.)

Autolycus: 오! 옷이 멋지네! (Autolycus는 좋아하며 망토를 입고 간다. Camillo가 등장해 Autolycus를 붙잡는다.)

Camillo: 왕자님!

Autolycus: 누구세요?

Camillo: 왕자님이 아니네. 혹시 우리 왕자님을 못 봤어요?

Autolycus: 난 무슨 영문인지 모르지만 한번 찾아봐요. 왕자님! 왕자님!

Shepherd: 어마, 좋은 것. 가만가만. (Shepherd가 등장해서 Perdita를 발견한다.) 이 애가 Perdita 아니야? Perdita야!

(이때 Camillo가 Florizel을 발견한다.)

Camillo: 왕자님!

Florizel: 이런, Camillo가 우리를 봐 버렸군. 어서 도망칩시다.

Perdita: 왜 도망치시는 거예요? (Perdita와 Florizel이 도망간다. 쫓으려던 Camillo와 Shepherd가 부딪친다.)

Shepherd: 아이구, 아파라! 온몸이 쑤시고 아프네. 아이고!

Camillo: (어쩔 줄 몰라 하며 돈을 꺼낸다.) 여기 있소.

Shepherd: 아이구! 더 아파 오는 것 같은데.

Camillo: 모르겠다. 이거 다 받으시오. 왕자님! 거기 서십시오.

Shepherd: 하하하 . . . 얼마야? (퇴장)

(Camillo와 Autolycus는 왕자를 쫓아간다.)

(Perdita와 Florizel이 뛰면서 등장.

Perdita가 Florizel의 뺨을 때리려고 든 손을 Florizel이 잡는다.)

Perdita: 이게 무슨 짓이에요?

Florizel: 미안하오. (Perdita가 때리려고 하나 Florizel이 막아선다.)

Perdita: 도대체 댁은 누구시길래 이런 무례를 행하는 것이오?

Florizel: 미안하오, 그저 "미안하다"는 말밖엔 할 수 없네요.

Perdita: 당신의 신원을 알려주세요. 왜 도망 다니는 거예요?

Florizel: 난 Bohemia의 왕자 Florizel이오.

Perdita: 오, 왕자 전하! (무릎을 꿇는다.) 미처 알아보지 못해 죄송합니다.

Florizel: 괜찮소. 일어서시오. 이번 일은 나의 실수로 생긴 일이오. 어쩔 수 없는 사정으로 저지른 무례함이 나의 운명을 바꾸어 놓고 말았소.

Perdita: 그게 무슨 . . . ?

Florizel: 당신은 아름답소. 당신의 이름은?

Perdita: Perdita이옵니다.

Florizel: Perdita! 이름까지도 아름답군요. 오, Perdita 당신은 내 삶에서 없어서는 안 될 나의 태양과 같은 존재요.

Perdita: 황공하옵니다, 폐하. 저는 그럴 만한 가치가 없습니다.

Florizel: 아니오. 내 말은 진심에서 우러나는 말이오. (Camillo가 Florizel을 부른다.) (급하게) Perdita 당신과 또 만나고 싶은데 . . . 그럼 내일 이곳에서 만나요. 이리로 나와요 알겠죠? 기다릴게요. 이만. (달려간다.)

Perdita: (입술을 만지며) 마술에 걸린 것 같아. 나는 그분을 사랑하고 있어. 그분을 만나기 위해 이 세상에 온 것 같아. 오, 왕자님!

(불 꺼짐)

(목장으로 가는 길)

(Autolycus와 광대가 무대 위에 있다.)

Autolycus: 누굴까? 어디서 많이 봤던 사람인 것 같은데 . . . 맞아. 오 맙소사! 이럴 때 내가 어떻게 해야 할까?

Clown: 무슨 일인데?

Autolycus: 너 충격적인 이야기 하나 듣고 싶어?

Clown: 좋아. 그게 뭔데?

Autolycus: 내게는 비밀을 털어놓고 말한 친구가 한 명 있었는데 그 친구가 알고 보니 Bohemia의 왕자님이었지 뭐야. 내가 어떻게 하는 것이 좋겠어?

Clown: 미쳤군. 그 친구가 뭘 믿고 너한테 고민을 얘기하냐? 그 친구가 왕자였던 것보다 너 한테 비밀을 이야기했다는 게 더 충격이다. 그런데 비밀이 무엇이야? 그의 고민에 대해서 말해 봐.

Autolycus: 하지만 그도 인간이라고 생각해. 사실은 . . . 아, 안 돼, 안 돼 . . . 사나이는 의리를 지켜야지. 안 돼.

Clown: 야! 말해 봐. 안 되긴 뭐가 안 돼. 니가 언제부터 의리 따위 챙겼냐. 어? 아, 저기 계집애가 오고 있군!

Autolycus: 누가? 어디에? (이때 Perdita 등장)

Clown: (비꼬듯) 오, 아버지한테 혼자 사랑을 듬뿍 받는 우리 집 복덩이, Perdita 계집애. 우리 저 애를 괴롭혀 보자.

Autolycus: 좋았어. (둘 다 Perdita에게 다가간다.)

Clown: 어이! 버림받은 아기 Perdita야! 너 행복하지 않니? 돈으로 우리 아버지를 사서 네 편으로 만들고 말이야.

Perdita:	아니야, 돈으로 아빠를 사서 내 편으로 만들다니. 그게 무슨 말이야? 난 그저 아빠가 좋아. 그리고 아빠께서는 우리 오빠도 역시 사랑하고 계셔. 단지 표현을 안 하셔서 그럴 뿐이지.
	(Clown과 Autolycus가 Perdita를 계속 괴롭힌다. 이때 Florizel 등장)
Florizel:	지금 너희들 뭘하고 있는 거야?
Clown:	나는 이 아이의 오빠 되는 사람으로서 너희들에게 충고한다.
Florizel:	이 아이의 몸에 손대지 마! (친다.)
Clown:	왜? 내 동생이야. 이것은 내 문제야. (신경질 내며, Florizel과 싸우고 Autolycus가 말린다. 광대가 쫓겨 나갔고 Florizel은 가다가 멈춰서 다시 돌아와서)
Florizel:	너 괜찮아?
Perdita:	저는 괜찮아요, 왕자님은요?
Florizel:	감히 아름다운 그대를 괴롭히다니! 내가 참을 수 없다! (Perdita가 Florizel을 말린다.)
Perdita:	참으세요, 오빠가 나에게 그냥 장난쳤을 뿐인 걸요 뭐.
Florizel:	그래도 . . .
Perdita:	전 오빠가 나를 싫어하든 미워하든 상관하지 않아요. (사랑스럽게) 저에겐 이렇게도 어여쁜 꽃과 나무와 바람이 있으니까요.
Florizel:	(독백) 아! 저렇게 아름다운 사람이 내 눈앞에 왜 이제야 나타난 것인가! 당신도 나와 같은 생각을 가졌다고 생각하오. 하지만 나를 위해 시간이 멈춰 버린 것 같군요.
Perdita:	예? 무슨 말씀인지요?
Florizel:	당신의 아름다움으로 인해서 아름다움을 자랑하던 꽃들은 어디론가 사라져 버렸고 그대의 그 아름다운 목소리로 인해 예쁘게 울던 새들도 지저귀던 소리를 멈춘 것 같군요.
Perdita:	(부끄러워하며) 별말씀을요. 제가 왕자님을 우리 목장에서 거행될 축제에 초대하고 싶어요. 양털깎기 축제예요. 제가 왕자님께 신세를 많이 졌잖아요.
Florizel:	고맙소. 내 그렇게 하리다.

Perdita: 왕자님! 오늘 함께하는 시간 즐거웠구요.

Florizel: 당신과 헤어져야 한다는 생각이 나를 몹시 슬프게 하는군.

Perdita: 왕자님, 저도 그럴 거예요. 왕자님과 헤어져 있는 시간이 매우 힘들 것 같아요. 보고 싶

을 거예요. 잘 가세요. (볼에 키스하고 Florizel 퇴장)

(불 꺼짐)

Act IV

(Shepherd의 목장)

(Perdita, Shepherd, Clown 무대 위에서 축제 준비. Polixenes와 Camillo 변장을 한 채 등장)

Polixenes: 내가 소위 일국의 왕인데 이렇게까지 해야 하나? (옷을 벗으려 한다.)

Camillo: 폐하, 이러시면 아니 됩니다. (왕의 옷을 다시 입혀 준다.) Florizel 왕자님께서 이곳에 오신다고 합니다.

(Polixenes가 기침을 한 후 옷을 챙긴다.)

Camillo: 오늘 이곳에 축제가 있기에 Florizel 왕자님이 이리로 오실 겁니다.

Polixenes: 정말이냐?

(Camillo 헛기침을 한다. Shepherd 달려와서 인사)

Shepherd: 어서 오십시오. 이제 막 준비가 끝났으니 잠시만 기다려 주십시오. Perdita 이리와서 손님을 맞아야지.

Perdita: 예, 아버지. 저희 축제에 오신 것을 환영합니다. 두 분께 신의 은총이 함께하시길. 잠시만 기다려 주십시오.

Clown: 안녕하십니까, 전하! (Polixenes 얼굴에 이상한 것을 떼어 내려고 한다.)

Polixenes: 왜!

Camillo: 무슨 짓을 하는 건가? 이 무례한 짓을 중단하게.

Clown: 오, 죄송합니다. 단지 제게는 이상하게 보여서요. 오늘 하루 즐겁게 놀다가 돌아가세요.

Polixenes: 저걸 그냥 . . . 감히 왕의 얼굴에 손을 대다니? 더 이상 못 참겠다.

Camillo: 폐하, 참으세요. 전하께서는 Florizel 왕자님을 찾으셔야 되잖아요?

Florizel: (멀리서 Perdita를 부르며 뛰어온다.) 오, Perdita! 당신과의 약속을 지키기 위해, 당신이 너무나 보고파 이렇게 뛰어왔소. Perdita! 당신의 아름다운 자태에 눈이 멀어 버릴 것 같소. (Florizel과 Perdita 다정스럽게 대화를 나눈다.)

Camillo: 제가 말씀드린 그 아가씨입니다.

Polixenes: 그런가? 음 . . . 시골에선 보기 드문 아가씨군.

(Shepherd, 축제의 시작을 알림)

(노래와 춤이 이어지고 춤을 추며 사랑을 확신한 Perdita와 Florizel, 그리고 등장 인물 모두 흥겹게 춤을 추며, Autolycus는 눈치 없이 남아서 노래를 부른다.)

Shepherd: 그만 해. 그 노랫소리 듣는 것 견딜 수 없어!

Autolycus: 아니, 그런 말씀 마세요. 오! 당신만큼 아름다운 여자는 처음이오. (키스하려 한다.)

Shepherd: 너 미쳤어? 너가 돈을 훔쳐간 바로 그놈이냐?

(Shepherd와 Autolycus가 퇴장하고, 뒤쪽에서 Polixenes와 Camillo 지켜보고 있다.)

Florizel: Perdita, 춤을 잘 추시는군요.

Perdita: 아니에요. 왕자님이 더 잘 추신던데요.

Florizel: 오늘따라 당신의 아름다움이 더욱 빛나는 것 같소. (둘 다 쑥스러워한다.) 난 춤을 추면서 느낄 수 있었소. 당신의 나에 대한 열렬한 사랑을. 이제 이 모든 사람들 앞에서 말하겠소. 난 Perdita 당신을 사랑하오. 난 당신과 결혼하고 싶소.

(Shepherd 등장)

Shepherd: 힘도 얼마나 세던지. 아이고, 힘들어라. 그런데 내 돈은? 아이쿠! 저게 뭐지?

Florizel: (Perdita와 키스하려 하자 Shepherd가 헛기침을 한다.) 어르신, 저는 어르신의 딸을 진심으로 사랑합니다. 저와의 결혼을 허락해 주십시오.

Shepherd: 하지만, 내 딸 Perdita야, 너도 같은 맹세를 할 거냐?

Perdita: 저는 저렇게 멋진 말로는 못 합니다. 저는 그저 저분을 믿고 따르는 것 외에는 선택할 수 없습니다.

Shepherd: 손을 잡아도 좋다. 이젠 다 됐다. (공표하듯이) 이제 이 청년에게 내 딸을 주기로 했소.

(Polixenes와 Camillo가 앞으로 나온다.)

Polixenes: 잠깐만, 부친께서 이 사실을 알고 계시는 거요?

Florizel: 모르고 계십니다. 알릴 필요도 없고요.

Polixenes: 아니지! 자식의 결혼식에 아버지를 초대해야 하는 것이오.

Shepherd: 알려요. 부친께서는 자네의 제안을 거절하지 않으실 거야.

Florizel: 싫습니다. 아버님께선 . . .

Polixenes: (화가 나서 망토를 벗어 던진다.) 뭐라! 내가 너의 파혼의 주례가 되겠다. 이놈! 나는 너를 아들이라 부르지 않겠다. 너를 내 자식이라고 부르기 싫다.

Shepherd: 내 자식이라 했나? 여보시오! 당신이 아버지란 말이오?

Polixenes: 그렇소. 내가 아버지요. (Perdita에게) 너는 분수를 아는 거냐 모르는 거냐! 요망한 녀석 같으니! Camillo 경, Florizel을 밖에 못 나가도록 잘 붙잡아 두시오. (퇴장)

Shepherd: 폐하! 저의 무례함을 용서해 주십시오. (퇴장)

Camillo: 왕자님, 어서 가셔야 합니다. 지금은 때가 아니옵니다. 어서 서둘러요.

Florizel: 나의 사랑 Perdita를 떠날 수 없소 . . . 안 돼!

Camillo: 오, 왕자님! 죄송합니다 . . . (Florizel이 저항하지만 Camillo에 의해 끌려 나간다.)

Florizel: Perdita, 당신을 데리러 곧 올게요. 그때까지 잘 기다려요.

Shepherd: 왕자님이라니? 그러면 좀전에 간 사람은 이 나라 왕이란 말이네. 아이쿠. 이런, 큰일 났군! 여보시오! 잠깐만요!

Perdita: 왕자님! . . . (운다.)

(불 꺼짐)

(Florizel의 방)

(Florizel이 자신의 방에 혼자 갇혀 있다.)

Florizel: 왜 일이 이렇게 안 풀릴까? 아버지만 거기에 계시지 않았다면 얼마나 기뻤을까? (큰 소리로) Perdita! Perdita! 내가 그대에게 큰 실수를 한 것 같군요. 그대가 나로 하여 금 사랑의 눈을 뜨게 하였소. 내가 이곳을 나갈 수 있다면 즉시 당신에게 날아갈 것이 오. 이 몸이 새라면 그대에게 날아가서 그대 주위를 맴돌 것이오. 하지만 나는 그럴 수 없소. 용서하시오 미안하오. (운다.)

Camillo: 오, 왕자님 . . .

Florizel: Camillo! 그대가 나를 도울 유일한 사람이오. 나를 좀 도와주시오. 나는 그대가 누구 보다도 나를 이해해 주리라 믿소.

Camillo: 왕자님을 뵌 지 16년이 지났습니다. 이제 저는 여인에 대한 사랑을 느낄 수 있는 남자 로 성장한 왕자님이 자랑스럽습니다. 하지만 왕자님! 당신은 이 나라의 왕자님이시지 만 결혼할 여인은 한낱 양치기의 딸에 불과합니다. 왕자님과 그 비천한 여인과의 결혼 은 결코 조화롭지 않습니다.

Florizel: (말을 가로막으며) Camillo! 그대도 그렇게 생각하는구려? 그대가 마음속 깊은 곳에 서 그 말을 한다면 내가 친구를 사귀는데 실수를 한 것 같소. 당신의 말이 진심이 아니 기를 바라오. (흐느끼듯 조르며) Camillo! 제발 나를 도와주시오. 나는 나의 여인 Perdita가 없이는 이 세상에서 살 수 없소. 내가 Perdita와 산다면 나는 내게 닥치는 모든 상황도 감사할 것이오. 내가 소경과 벙어리가 된다고 해도 나는 기꺼이 받아들일 것이오. 내 생명도 버릴 수 있소. 내 말 이해하겠소?

Camillo: 왕자님 . . . 이해는 합니다만 장래가 두렵습니다 . . . 좋습니다, 제가 할 수 있는 한 돕 겠습니다. 저를 믿어줄 수 있나요?

Florizel:	Camillo! 고맙소. 그대는 나의 진정한 친구요.
Camillo:	생각이 있습니다. Sicilia 왕께 도움을 요청하는 것이 어떨까요?
Florizel:	어떻게?
Camillo:	왕자님의 부친께서 Sicilia 왕과 어린시절부터 친분이 있었지요. 만약 Sicilia 왕께서 왕자님의 의견에 동의하신다면 왕자님은 보다 유리한 입장에 서게 될 것입니다. 왕자님의 생각은 어떠세요.
Florizel:	Camillo 경, 고맙소. 그대가 나에게 희망을 주네요. (웃으며 힘차게 퇴장)
Camillo:	폐하께 이 모든 사실을 알려야겠어. (Shepherd와 Clown 등장)
Shepherd:	안녕하신지요? 폐하의 용서를 간청하러 왔습니다. (이때 Polixenes 등장)
Polixenes:	그대가 Perdita의 아버지란 말인가?
Shepherd:	예, 폐하 죽을 죄를 지었습니다.
Camillo:	폐하, 왕자님과 양치기 딸이 함께 Sicilia로 떠났습니다..
Polixenes:	나쁜! 이놈이 끝까지 나를 배신하네. Sicilia로 떠날 준비를 속히 하라. (Shepherd에게) 그대의 딸은 그대가 책임지시오. 왕자를 찾은 후에 그때 죄를 물을 것이오. (Camillo, Polixenes 퇴장)
Shepherd:	(겁먹은 듯) 알겠습니다. (독백) 아, 난 이제 끝장이다!

(불 꺼짐)

(목장)

(Perdita가 외롭게 앉아 있다.)

Perdita: 이젠 모든 게 끝장이야. 오, 하나님! 왕자님과 저를 도와주세요. (슬픔에 잠긴다.)

Florizel: Perdita, 내가 돌아왔소. 당신이 없는 이 세상은 나에게 아무런 의미가 없소. 명예, 부귀 모든 것이 다 그렇소. 우리 여기를 떠나요. 슬프기는 해도, 두렵지는 않아요. 이유는 당신과 함께 있기 때문이오.

Perdita: 하지만 . . .

Florizel: (말을 자르며) 그만 떠나요. 당신을 세상 누구보다 행복하게 만들어 줄 것이오. 나를 믿고 따라 준다면. 세상 그 어떤 것도 우리의 사랑을 막을 수 없소. 나는 당신을 영원히 사랑할 것이고 당신을 세상 그 어느 것과도 바꾸지 않을 것이오. 나를 믿을 수 있소? 우리의 사랑의 힘을 느낄 수 있소? 좋소. 갑시다.

Perdita: 왕자님, 고마워요. (Florizel과 함께 퇴장)

(불 꺼짐)

Act V

Scene —— i

(Sicilia 궁전)

(Leontes 무대 위에 혼자 있고, 나팔 소리가 울린다.)

(밖에서) 전하, Bohemia 왕자라는 사람이 아름다운 부인과 함께 폐하를 배알하겠다고 하옵니다.

Leontes: 뭐라! Bohemia 왕자라 했나? 어서 들라 하라. 어서! 오호. 드디어 . . . 그런데 무슨 일로 왔지? 일국의 왕자답지 않게 격식도 갖추지 않고. (Florizel과 Perdita가 들어옴) 어서 오게. 아버지는 어디 계시고? 무슨 일로 여기까지 왔는가?

Florizel: 저희는 저의 부친의 분부를 받고 여기 Sicilia에 왔습니다. Bohemia 왕이신 부친께서 형제나 다름없는 전하께 문안드리라고 분부하셨습니다. (Paulina 등장)

Paulina: 폐하, 지금 Bohemia 왕께서도 오셨습니다. Bohemia 왕께서 저 왕자를 체포해주기를 원하십니다.

Leontes: 왕자. 나는 혼란스럽소. 이게 어찌 된 것이오?

Florizel: 폐하, 저와 함께 있는 이 여인은 저와 결혼할 예정입니다. 그러나 저의 부왕이 허락하지 않습니다. 신분의 차이로 우리의 결혼을 반대하고 계십니다. 폐하, 도와주십시오. 제발 저희를 도와주십시오.

Leontes: 좋소. 내가 부왕을 만나 보겠소. (Polixenes, Camillo, Shepherd, Clown 등장)

Polixenes: (가벼운 인사를 한 뒤 화를 내며 들어온다.) Florizel! 네놈이 어찌 이럴 수 있어? 이 아비를 버리고 저 여인을 선택해! 너가 정녕 내 자식이 맞냐? (Perdita를 보며) 너는 천한 여인이야! (떤다.)

Leontes: 오, 진정하게! 진정하고 저 노인네가 무슨 해명의 말을 하고자 하는 것 같으니 한번 들어봅시다.

Shepherd: (독백) 이 상황에서 나에게는 정직이 위기 탈출의 최선의 방법이다. (모두에게) 사실 솔직히 말해서 지금 저기 있는 저 아이는 제 아이가 아닙니다. (Perdita 놀란다.)

Clown: 맞아요. 저 애는 우리 핏줄의 애가 아니에요.

Perdita: 아, 아버지 . . .

Shepherd: 내 말을 잘 들어라. 지금껏 비밀을 숨겨 왔다. 지금부터 16년 전에 숲에서 남자의 시체와 함께 옆에서 울고 있는 이 아이를 발견했습니다. 그 아이를 제가 데려다가 키웠고 지금 저렇게 예쁘게 자랐습니다. (물건을 꺼내며) 그때 아이 옆에서 이 물건들을 발견해서 보관하고 있었습니다.

(Paulina 빠른 걸음으로 다가온다. 물건들을 보며 놀란다.)

Paulina: 혹시 목걸이도 발견하셨나요?

Perdita: 음 . . . 이것이 제가 어릴 때부터 하고 있던 목걸이인데, 이것을 말하세요?

(목걸이를 꺼낸다. Paulina가 목걸이를 보고 놀란다.)

Paulina: 이것은 왕비님의 목걸이가 틀림없습니다. 공주님이 틀림없네요. 폐하, 이 소녀가 바로 폐하의 따님이라는 말씀입니다.

Leontes: (놀라며) 이 모두가 사실이란 말이냐?

Paulina: 예, 사실입니다. (당황하는 Perdita)

Leontes: (Perdita에게 다가서며) 이리 와 봐. 네가 정말 내 딸이 맞단 말이냐? (울면서 포옹한다.) 오, 내 딸아. 나를 용서하거라. 나의 잘못이다. 용서하거라. 네 엄마도 함께 있었으면 참 좋으련만.

Shepherd: 오 맙소사. 이제 너의 운명을 찾았구나. 가거라 . . . 너의 아버지께로. (다가오는 Leontes)

Leontes: (Shepherd에게 다가서며) 너무나 고맙소. 내 그대에게 내 딸을 키워준 대가를 충분히 보답하리다.

Shepherd: 예, 고맙습니다. 폐하!

Perdita: (한 번 더 Shepherd를 쳐다보며) 아버지! (다시 Leontes를 바라본다.)

Paulina: (무릎을 꿇으며) 저 Paulina, 공주님께 인사드립니다.

Polixenes: 미안하다. Perdita야!

Florizel: (다가서며) 아버님, 저의 무례함을 용서해 주시옵소서.

Paulina: 자. 이제 밝힐 때가 되었네요. 저를 따라 오세요. 우리가 만날 분이 있습니다. (퇴장)

(불 꺼짐)

Scene —— ii

(Sicilia 궁전)

(Paulina를 선두로 모두 등장)

Paulina: 자, 이리로 오십시오.

Leontes: 그런데 만나 봐야 할 사람이 누구시오?

Paulina: 만나 뵙기 전에 드릴 말씀이 있사옵니다. 폐하께서, 따님을 만나셨으니 이제 재혼을
하시는 게 어떻겠습니까?

Leontes: 그게 대체 무슨 말이오? Paulina, 그대까지 나에게 Hermione를 잊으라고 할지 몰랐
소. 나는 여기서 나가겠소.

Polixenes: 폐하, 왕비의 자리는 국모의 자리이니, 오래 비워 두는 것은 나라를 위해서 좋지 않소.

Paulina: 예, 폐하. 나라를 위해서도 폐하를 위해서도 재혼을 하시는 게 좋습니다. 그리고 이제
Perdita 공주님 입장도 생각하셔야죠.

Leontes: 어찌 내가 . . . 재혼을 해 . . .

Paulina: (Leontes의 말을 자르며) 일단 만나 보시지요. 분명 생각이 바뀌실 것입니다. (Hermione 들어온다.) 바로 이분이 만나실 분입니다. (Leontes를 제외한 모두가 무릎을 꿇는다.)

Leontes: (쳐다보지 않음) 나는 한순간의 실수로 사랑하는 사람을 잃었소. 저 여인과 혼인을 하게 되더라도 나는 옛 여인을 잊을 수 없을 것이오. (뭔가를 말하려고 고개를 돌린다.) 미안하오만 . . . (그녀가 Hermione임을 알아차리고 놀란다.) Hermione!

Hermione: 폐하, 신첩 Hermione 인사드립니다.

Leontes: 당신이 정말 Hermione가 맞소?

Hermione: (고개를 끄덕인다.) 예, 폐하.

Leontes: (무릎을 꿇고) 미안하오. 나를 용서해 주시오.

Hermione: (Leontes를 일으킨다.) 일어나십시오. 전 이미 모든 것을 용서했사옵니다.

Leontes: 고맙소, 왕비!

Paulina: 저 왕비 전하, 이 아가씨가 왕비님의 아기 Perdita 공주님이십니다.

Perdita: 아니에요. 저는 무엇이 진실인지 모르겠네요. 이제까지 저에겐 어머니란 없었고 어머니의 정을 경험하지 못했어요. 갑자기 일어난 모든 일들이 받아들이기 어렵습니다. (울먹거린다.)

Hermione: 아가야, 이리 와. 이 어미를 용서해 줘. 지금까지 얼마나 고생했어? (토닥거리며) 공주야, 나에게 말해다오. 어디서 구조되어 어디서 어떻게 살고 어떻게 하여 아버님의 궁까지 오게 되었는지. 지금까지 엄마의 정을 느낀 적이 없었겠구나. 미안하다. 결코 너를 버리지 않을게. 오 내 딸, 사랑한다.

Perdita: (울며) 어머니 . . .

Hermione: 아가야! 괜찮아, 우리 귀여운 딸 Perdita!

Leontes: (Polixense에게) 미안합니다. 나의 의심으로 인해 나의 오랜 신실한 친구를 죽일 뻔했소. 나를 용서해 주시오.

Polixenes: 나는 이미 전하를 용서했소.

Leontes: 우리 우정을 회복했소. Polixense 전하, 우리 아들과 딸의 결혼을 통해서 전하와 더

친하게 되기를 원하오.

Polixenes: 좋소. 그거 좋아요. 하하하 . . .

Leontes: 오늘은 대단히 기쁜 날. 우리 모두 기쁨을 함께하세. 그리고 내 사랑 Hermione! 더 이상 당신을 떠나보내지 않을 거요. 나는 영원히 당신을 사랑하오 . . . (포옹)

(불 꺼짐)

Scene —— *iii*

(Sicilia 궁전)

(Perdita와 Florizel의 결혼식 진행)

– The End –

The Merchant of Venice

베니스의 상인

Twelfth Night
Hamlet
Othello
The Winter's Tale
A Midsummer Night's Dream
The Taming of the Shrew
Much Ado About Nothing
As You Like It
King Lear
Commedy of Errors
Romeo & Juliet

『베니스의 상인』(*The Merchant of Venice*)은 셰익스피어의 희곡 중 가장 현실성이 두드러지며 짜임새 있는 구성을 갖춘 희곡 중에 하나이다. 주 플롯과 부 플롯을 절묘하게 조화시키면서 몇 개의 에피소드를 곁들여서 극의 흥미를 더하고 있다. 셰익스피어의 극작 기술이 무르익어 갈 즈음인 1596년에서 1597년 사이에 작술된 것으로 추정되는 이 작품은 그의 극작 시기를 초기와 중기 그리고 후기로 나눌 때에 중기에 속하는 작품이다. 이 시기에 셰익스피어는 『한여름 밤의 꿈』(*A Midsummer Night's Dream*), 『헛소동』(*Much Ado About Nothing*), 『뜻대로 하세요』(*As You Like It*) 등 주옥 같은 낭만희극을 쏟아내고 있었다.

본 극작품은 작품의 플롯이 크게 훼손되지 않는 범위 내에서 현대적 감각에 맞게 재구성하였다. 우리는 이 극을 통해서 진정한 삶의 기쁨과 서정적 기조에 바탕을 둔 사랑과 우정의 의미를 음미할 수 있을 것이다.

- **Bassanio**(바사니오) : 21세. Antonio와 먼 친척이자 죽마고우. 자유분방하고 자상한 성격의 소유자. Portia를 보고 첫눈에 반하고 영원한 사랑을 약속함. 돈보다는 사랑을 찾으려는 반듯한 청년. 이목구비가 뚜렷하며 부드러운 인상.

- **Antonio**(안토니오) : 23세. Venice의 유명하고 평판 좋은 상인. 건장한 체격에 믿음직스러움. 정이 많고 남을 배려할 줄 안다. 친구와의 우정을 중시하고 의리가 있다. 갑작스러운 일이 닥쳐도 항상 침착함. 살짝 그을린 피부에 고동색 머리.

- **Portia**(포샤) : 17세. Belmont 귀족의 딸. 나이에 맞지 않게 제법 성숙미가 넘치고 3개 국어를 구사할 정도의 지성을 갖춤. 생각이 깊고 모든 일을 지혜롭게 풀어나감. 도도하며 아름다운 외모를 지님. 아버지를 잃고, 아버지의 유언대로 신랑감을 고르고 있음. 금발 머리와 하얀 얼굴에 모든 남자들이 반할 만한 미인.

- **Lorenzo**(로렌조) : 21세. 미소년 같은 외모. 마른 체격. Antonio의 하인으로 제시카와 연인 사이. Jessica만을 사랑하지만 모든 여성들에게 매너가 좋음. 비록 하인 신분이지만 자기 주장이 강함.

- **Jessica**(제시카) : 17세. Shylock의 딸. Lorenzo와는 연인관계. 개방적인 성격. 사랑을 중시하고 귀여운 외모. 눈이 초롱초롱하고 항상 입가에 미소를 머금고 있다. 노래를 좋아하고 꽃을 좋아하는 순수한 소녀. 욕심 많고 악독한 Shylock에게서 Lorenzo와 함께 도망침.

- **Shylock**(샤일록) : 47세. 악독한 Venice의 고리대금업자. 사악하고 카리스마 넘치는 외모. 주름진 얼굴에 턱수염과 치켜 올라간 눈썹. 건장한 체격. 재산소유욕이 강함. Antonio의 살을 포기하지 않는 아주 무서운 인물. 눈빛에서 뭔가 모를 무거움이 풍김. Jessica에 대한 사랑을 후에 깨달음.

- **Launcelot**(란슬롯) : 31세. 키가 작고 통통한 체격. 샤일록의 하인으로 간사한 인물. 떠벌리기를 좋아하고 어리버리함. 줏대 없음. Shylock에게 불만이 많으면서도 생계를 위해 충성하는 척함.

- **Nerissa**(네릿사) : 19세. Portia의 하인. 발랄하고 매사에 낙천적임. Portia가 주인이긴 하지만 친한 사이. 가끔 엽기스러운 행동을 보일 때가 있어 주위 사람들을 당황하게 함.
- **Judge**(재판관) : 재판관

Act I : Portia(포샤)의 생일 겸 남편을 고르는 파티에서 우연히 만난 Portia와 Bassanio(바사니오)는 서로 첫눈에 반한다. Bassanio는 Portia를 사랑하게 되었다고 Antonio(안토니오)에게 말하고 도움을 요청한다. Antonio는 Shylock(샤일록)에게서 정해진 기간 안에 돈을 갚지 못하면 자신의 살 1파운드를 떼어 가도 좋다는 조건으로 돈을 빌려 친구인 Bassanio에게 준다.

Act II : 연인 사이인 Shylock의 딸 Jessica(제시카)와 Lorenzo(로렌조)는 서로의 사랑을 맹세하지만, Jessica의 아버지인 Shylock은 그들의 사랑에 반대하여 Jessica와 Lorenzo는 몰래 도망가기로 한다. 그날 밤 Jessica와 Lorenzo는 Shylock이 잠을 자고 있을 때 그의 돈을 훔쳐서 도망간다. 잠에서 깨어난 Shylock은 이 사실을 알고 배신감에 분노한다.

Act III : Bassanio가 Portia에게 구혼을 하기 위해 집에 찾아온다. Bassanio는 Portia의 초상화가 들어있는 상자를 고르게 되고 그녀의 약혼자가 된다. 둘이 서로 반지를 교환하며 그들의 사랑을 확인할 즈음 Lorenzo가 Antonio의 배가 침몰했다고 전하고 Bassanio는 실의에 빠진다.

Act IV : Nerissa(네릿사)와 Portia가 Bassanio를 도와줄 고민을 하다가 Nerissa는 변호사로 변장해서 재판장으로 간다. 재판의 승부가 Shylock에게로 기울고 있을 즈음 Portia는 Shylock이 Bassanio의 살을 떼어 갈 때 피는 한 방울도 흘려서는 안 된다는 절묘한 논리로 재판을 역전시킨다.

Act V : Belmont의 집으로 돌아온 Nerissa, Bassanio, Antonio는 서로 그동안의 과정을 고백하고 재판에서 이긴 기쁨을 나누며, Antonio와 Bassanio는 서로의 깊은 우정을 다시 한번 확인하게 되고 Portia와 Bassanio는 사랑을 재확인하며 행복한 가운데 결말을 맺는다.

(*The Merchant of Venice* 1막 1장 공연장면)

Act I

(Portia의 저택)

(Portia의 남편감을 찾기 위한 파티가 한창이고, 모두들 흥겨운 분위기에서 파티를 즐기고 있다.

모두 함께 춤을 추다가 Bassanio와 Portia 눈이 맞는다.)

(잠시 불이 꺼졌다 켜짐)

(파티가 끝나면 Bassanio와 Antonio만 남아 있다.)

Antonio: Bassanio! Today's party was wonderful. The lass who was seeking for her bridegroom was very beautiful. All the people were captivated by her beauty, weren't they?

Bassanio: (Portia를 생각하며 멍하게 있다.)

Antonio: Bassanio . . . Hey! Bassanio!

Bassanio: Ah! Ah . . . Antonio, what's the matter?

Antonio: Do you have any anxiety? You looks worried.

Bassanio: Oh, nothing! Nothing in particular!

Antonio: Hey! You must have some anxieties. Tell me your anxiety frankly. I'd help you if I can. I'd give you any help. Tell me about it.

Bassanio: (한숨 쉬며) Antonio! I've owed a great deal to you. As you know, I've wasted a considerable fortune because of my fast living up to now.

Antonio:	(안타까운 눈빛으로) Don't worry about it any more. They are the things of the past.
Bassanio:	But . . . up to now, I've wasted much money but I'll not repent for it. Of course, I'd like to say sorry to you, but. . . .
Antonio:	Bassanio! Your saying is strange to me. What's the matter?
Bassanio:	I don't know my mind. Um . . . Antonio! Maybe I am falling in love.
Antonio:	(놀라며) Love? Are you falling in love? With whom?
Bassanio:	(망설이면서) Um . . . the girl . . . who was seeking for her prospective bridegroom.
Antonio:	Aha! The beautiful and fair-haired girl?
Bassanio:	(그녀를 생각하며) You're right. She is a noble woman and she was taken over a great fortune in Belmont. Today, I felt a good message from her eyes. Her name is Portia, Cato's daughter. He is noble man in Belmont.
Antonio:	You're right. All the people know the fact.
Bassanio:	Many people are trying to propose marriage to her. I'd like to belong to the people.
Antonio:	Then . . . go and meet the girl. You may win the girl's heart.
Bassanio:	But . . . I am not so rich as to propose marriage to her.
Antonio:	Um . . . Bassanio. I'd like to help you but all of my fortune is in the sea.
Bassanio:	Ah! Don't worry. Don't worry about it.

Antonio: Well . . . but if you need money, you can borrow 3 thousands of gold coins from a merchant, Shylock.

Bassanio: Did you say Shylock? The notorious merchant?

Antonio: That's right. He is very notorious but I'll help you. Don't worry.

Bassanio: Um . . . I'd like to say "Thank you" but I feel sorry because I always give you much trouble.

Antonio: Don't say that! Go to Belmont and surely captivate the beautiful girl's mind. Now, it is too late. Let's go tomorrow morning.

Bassanio: Much obliged. See you tomorrow. Much obliged. Antonio! (Antonio 퇴장) I can't erase the beautiful image in my mind. The golden hairs, the red lips, the beautiful smile . . . Oh! She was more beautiful than any roses in the world. Tomorrow I'll be able to see her. Hurrah!

(불 꺼짐)

(Shylock의 집)

(Shylock, Launcelot 등장)

Shylock: (사악한 웃음)

(Bassanio와 Antonio 등장, 정중히 인사)

Shylock: Why are you coming here?

Antonio: How are you, Shylock? Long time no see. I'm sorry . . . but I'd like to ask a favor of you. Can I do that?

Shylock: Oh! You need my help? You are so handsome and rich that my assistance will not be helpful for you, isn't it?

Antonio: No! I need your help. Firstly, let me introduce my friend. This is my close friend, Bassanio who is my relative.

Bassanio: How are you? I'm Bassanio. In fact, I came here to lend some money from you. Antonio will stand the guarantor.

Shylock: Antonio will be the guarantor. Well, the noble man's guarantee?

Launcelot: The noble man, Antonio's guarantee?

Shylock: (Launcelot에게 눈치를 주며) How much money do you want?

Antonio: Three thousand gold coins for three months.

Shylock: Um . . . three thousand gold coins? Three thousand for three months.

Antonio: Won't you lend me that amount of money?

Shylock: Don't say like that. Now I'm counting the rate. Let me see the rate for three months.

Launcelot: (기대하며) Lord! What kind of food should I prepare for dinner?

Antonio: Rate? No man gives and takes the rate in Venice. If you insist on taking the rate, I can't help calling you a rascal.

Shylock: Oh! no. Well . . . I won't take the rate from you. (잠시 생각) Well . . . Instead . . . I should suggest a condition to you.

Bassanio: A condition? What's the condition?

Shylock: If you don't repay me on such a day, I'll cut off and take one pound of your fair flesh from whatever part of your body I choose. Write the bond and give it to me. (웃음)

Bassanio: What are you saying now? Even if I fall into a beggar, I can't sign that kind of bond.

Shylock: Really? If you'll not sign the bond, I can't lend you the money.

Launcelot: (비웃으며) I can't lend you the money.

Antonio: Oh! no. I'll sign it. You can take my flesh from whatever part of my body, if I break my promise.

Bassanio: Oh! no. Antonio! You shouldn't sign the bond. I can't let you fall in danger because of the poor thing, love. Let's give it up and return.

Antonio: Bassanio, Don't worry. I'm not worry about it. Our ship will come back soon. Then I'll be able to repay it within the time limit. Shylock! Let's sign the contract.

Shylock: (사악하게 웃으며) OK. Well . . . make your name on this paper.

Launcelot: This contract is an irrevocable one, you know?

Antonio: Of course. (서명한다.) I'll repay it surely within the time limit.

Shylock: Launcelot! Bring three thousands of gold coins from the safe.

Launcelot: Yes, sir. (돈을 가져와서) Here is the money, sir.

Shylock: This is the money, three thousand gold coins. Take this money.

Bassanio: Antonio! Don't do it. This is a wrongful contract.

Antonio: Don't you believe me? Don't worry. All will be well. Thank you. Let's promise to meet again within three months. Bye.

Shylock: See you then. Bye. (Bassanio, Antonio 퇴장) Oh, boy! This is a golden opportunity. I'll take this opportunity to make Antonio lose his heart. Tonight, I'll not be able to fall asleep because of the excitement. (사악하게 웃음)

(불 꺼짐)

(*The Merchant of Venice* 2막 1장 공연장면)

Act II

(Portia 집 근처의 정원)

(Jessica 등장)

(Lorenzo 몰래 등장. Lorenzo, Jessica의 뒤에서 눈을 가린다.)

Jessica: (손을 더듬으면서) Who are you?

Lorenzo: (대답이 없다.)

Jessica: Tell me who you are. This soft feeling of hands and the breaths allow me to know who you are, but I want to see the handsome man with my eyes.

Lorenzo: (헛기침)

Jessica: Well . . . Bread Pit? Erric? Tom Cruse?

Lorenzo: (다시 헛기침)

Jessica: Or, Lorenzo, my love?

Lorenzo: (손을 떼면서) Yes, I'm Lorenzo. Well . . . who are the men that you called just now?

Jessica: Oh! It's my joke. There is only you in my mind. You know it, don't you?

Lorenzo: You are the only woman for me, too. Jessica, my love! Well . . . what were you doing?

Jessica: (시무룩해져서) I was sunk in thought.

Lorenzo: (걱정스러운 눈빛으로) Do you have any trouble?

Jessica: Lorenzo, I love you truely.

Lorenzo: Jessica! I also love you certainly! Why are you saying the words? It's a matter of course.

Jessica: I can give up money and honor for your love.

Lorenzo: Did you have any trouble with your father?

Jessica: Lorenzo! If you love me truely, promise me that you'll listen to my words whatever I say.

Lorenzo: Of course. I can swear by Heaven. Jessica, I love you. For your love, I can devote my life gradly

Jessica: Really? Well . . . my honey! Let's abscond from here to a far away land.

Lorenzo: What? Jessica! Oh, we shouldn't do that!

Jessica: My father may do harm to you when I'm absent. I can't bear worrying about it. Lorenzo! I'll be your wife. Please!

Lorenzo: Well . . . if we go away from here, we should give up our social status. I'm a lowly person but you are on a high social position. Can you give it up?

Jessica: Of course. This social position didn't fit me from the first.

Lorenzo: Jessica! Don't say like that, please.

Jessica: Lorenzo! I don't want anything but your love. Lorenzo, let's leave here with me tonight.

Lorenzo: Tonight? Well, I don't want to do . . . but if you can't positively bend your will, I can't choose but follow you.

Jessica: Thank you . . . thank you, Lorenzo (Lorenzo, Jessica 포옹)

(Shylock과 Launcelot 등장)

Launcelot: (굽신거리며) Of course, sir! This is the best opportunity to discourage the impertinent fellow, Antonio. O dear! Why is that fellow of Lorenzo with our Miss?

Shylock: Jessica! I've warned you not to join with that fellow many times. Launcelot! Take Jessica to our house!

Launcelot: Yes, sir. (Jessica를 붙잡고) Miss! Let's go home with me.

Jessica: Let's go off your hold on me! Let's go! Lorenzo, Lorenzo! Help me, Lorenzo!

(Launcelot이 Jessica를 끌고 가고 Jessica는 가지 않으려고 발버둥친다.)

(Launcelot, Jessica 퇴장)

Shylock: Lorenzo! Did you forget your status? You are a servant. How dare you join with my daughter? I want to break your legs . . . but I'll give you the last warning. From now on, never join with my daughter again. Jessica, you know? (Shylock 퇴장)

Lorenzo: Oh, Jessica! I'm too poor to love you. But I've a confidence to make you live a happy life. Wait for me, Jessica!

(불 꺼짐)

(Shylock의 집)

Shylock: Antonio. Damn it! God darn it! I'll make you repent your rude behavior. I would pray God that your boat might be sunk in the sea tonight. May storm and wind blow hard! May harsh waves surge upon and sweep Antonio's boats! Oh, my valuable properties. How much effort did I make to obtain this fortune? If someone steal these proprieties, he would commit the same crime as killing me. (하품) I overworked myself today. I should take a rest for a while.

(Shylock 퇴장하고 Lorenzo, Jessica가 몰래 등장. 조명이 Lorenzo와 Jessica를 비추고 조심스럽게 등장. Shylock의 금고를 조용히 찾기 시작한다. 찾은 즉시 둘은 돈을 훔쳐서 도망가며 퇴장)

(불 꺼짐)

(불 켜짐)

(Launcelot이 달려오면서 등장)

Launcelot: Lord! Lord! Listen to my words.

Shylock: Why are you making such a noise? I can't sleep well due to the noise.

Launcelot: Lord! It's not time to sleep. Miss Jessica stole your money and ran away with Lorenzo.

Shylock: What? Catch them right now! Go! Take the rascals quickly!

Launcelot: Yeb . . . yes! Lord!

(Launcelot 퇴장)

Shylock: That ingrateful fellow! Lorenzo! I should have broken your legs. . . . How did you abscond from me with my good daughter, Jessica . . . And stole my money! Lorenzo! I'll catch you certainly and I'll kill you!

(불 꺼짐)

(*The Merchant of Venice* 3막 1장 공연장면)

Act III

(Portia의 집)

(Nerissa, Portia 등장)

Nerissa: (혼자 들떠서) Miss! This evening, a handsome guy, Bassanio will come here with the Moroccan King.

Portia: (한숨)

Nerissa: And tomorrow morning, Count Rose and Prince Melcome will come here. In the afternoon, Prince Mantid and Count Seaweed will come. . . . (멍한 Portia를 보고) Miss! Miss, are you listening to me?

Portia: Yes, I'm listening to you!

Nerissa: Are you feeling sick? Shall I call the doctor?

Portia: No! You don't have to do.

Nerissa: Miss! What's the matter? Now many handsome guys are trying to do marriage proposal to you. And also, you've received much fortune from your father and you have the most beautiful appearance among the girls I've met till now. Don't worry about anything!

Portia: I don't want to be in this situation.

Nerissa: What's the meaning?

Portia: Due to my father's will, my fortune depends on the three caskets. I can't choose my husband on my own will. My father's will made me a puppet.

Nerissa: Oh, my pitiful Miss! Don't be so sad. Our lord was a wise man. He must have had a good plan. You never repented after you followed our lord's direction when you were young.

Portia: Your saying is right, but. . . . In this time, I would like to go my own way. In the last party, I met a wonderful guy by whom I was completely captivated.

Nerissa: Really! Miss, who's he?

Portia: In fact, I don't know his name and appearance. I know only about his. . . .

(Portia 그 사람을 생각하면서 노래를 부른다.)

Portia: (다시 시무룩해져서) It's me who should decide my future. . . . My father should not do it.

Nerissa: Don't worry Miss. You must meet him again, surely.

(나팔 소리)

Nerissa: Oh, Miss! A man called Bassanio came here from Venice. Let's be ready quickly.

Portia: Well . . . OK.

Nerissa: Cheer up, Miss! Go and meet him. He'll be a wonderful man for you, surely.

Portia: OK, I see. (Portia, Nerissa 퇴장)

(불 꺼짐)

(불 켜짐)

(Bassanio 기다리고 있다.)

Nerissa: Sir Bassanio! This is Miss Portia.

Portia: How are you? I'm Portia. (무관심하게)

Bassanio: How are you? Beautiful lass! I'm Bassanio. I came here to meet you from Venice.

Portia: (다시 Bassanio 얼굴을 보면서) O my! You? You must be the man I saw in the party, right?

Bassanio: Oh! You've a good memory. After the party, I've never forgotten your beautiful image.

Portia: (수줍어하며) How can you say that you fell in love with me? We've met only once in the party.

Bassanio: When I saw you first, I could understand the true meaning of "love at the first sight."

Portia: I can't believe your true mind, yet.

Bassanio: Oh, beautiful Miss. I made a great mistake. How can I apologize for my mistake?

Portia: Well . . . apologize for it before me now!

Bassanio: Now I apologize for my mistake. And I love you dearly.

Portia: Oh! Bassanio! Stay here with me only for a month. Well . . . for only a week. Only one day is OK.

Bassanio: Miss, don't say like that! I'll follow your father's will. I'll surely choose the casket containing your portrait and I'll be your husband.

Portia: No. Bassanio. Don't join the dangerous game. I don't like to send you away.

Bassanio: Oh, my beautiful lass! Don't cry and believe me and my love for you.

Portia: I believe you and your love.

Bassanio: Then . . . please allow me to join the game. I can choose the right casket.

Portia: Nerissa! Bring the caskets here.

Nerissa: Yes, Miss. Here are the caskets.

Portia: Sir Bassanio! I can't see the act. I believe your right choice.

Bassanio: Don't worry. Well . . . this is a golden casket. 'The man who chooses me will get the thing that many men want to have.' I want to get only Portia . . . then . . . this isn't suitable for me.

Nerissa: You're right.

Bassanio: Next, this silver casket. 'The man who chooses me will get as the amount as he should be given.' Without others' help, I couldn't have gotten Portia.

Nerissa: That's also right.

Portia: Consider carefully, Bassanio.

Bassanio: Next, this lead casket. 'The man who chooses me should give up all his possessions and devote his fortune to his choice.'

Devote my fortune . . . OK. This is the right one.

(Bassanio 상자를 연다. 상자 안의 초상화를 꺼내 들고)

Nerissa: Right! Right!

Bassanio: Lock at this. This is your portrait.

Portia: Oh, my God! Sir Bassanio! Now, I and all of my fortunes belong to you.

Bassanio: Portia! I don't want any other thing except you. I want you only. Well, will you marry me?

Portia: Of course. Sir Bassanio.

Bassanio: Well . . . let's do the preparations for marriage ceremony. (퇴장)

(불 꺼짐)

(Venice의 길)

(Lorenzo, Jessica 등장)

Jessica: Lorenzo! Now, no one can divide us from each other.

Lorenzo: Oh, Jessica! Today, you look more beautiful than before.

Jessica: Oh, really? You are always handsome for me.

Lorenzo: Jessica . . .

Jessica: Lorenzo . . .

(Launcelot 등장)

Launcelot: (놀라면서) Ugh! Ooh!

(Lorenzo, Jessica 비명)

Launcelot: You're caught in my net. I'll tell my lord on you.

(도망가려는 Launcelot을 Lorenzo가 잡는다.)

Jessica: (Launcelot의 입을 손으로 막으며) Launcelot, I beg your pardon! Shut your eyes for this once. I've been your close friend, haven't I? Please.

Lorenzo: If you make thoughtless remark, I'll have your lips sewn up with each other. (Launcelot 발버둥친다.)

Jessica: Lorenzo, don't do it.

Launcelot: Ouch! How it hurts me!

Jessica: Launcelot, keep it secret to my father, you know?

Launcelot: Well . . . if you meet my wishes. (음흉한 눈빛)

Jessica: OK. Tell me your wishes.

Launcelot: (입술을 가리키며) Kiss on this part and I'll keep it secret . . . (음흉한 웃음)

Lorenzo: (Launcelot의 멱살을 잡고) You son of a bitch! I'll kill you!

Jessica: Lorenzo! Stop! Stop it. We can't help it. Launcelot! Will you keep it secret to my father?

Launcelot: Of course! Man will not break his promise. I'll keep it certainly.

Jessica: OK, I see.

Lorenzo: Jessica! Don't do like this. Launcelot! You son of a bitch!

Jessica: No, Lorenzo! Think over it once more. I can't bear a runaway's life. Launcelot! Instead, can I kiss you on your cheek?

Launcelot: Any part of my face is OK. Lorenzo, don't hurt your feeling. Miss! Come . . . come on. (눈을 감고 있다.)

Jessica: (해주려고 한다. 그때 Lorenzo가 Jessica에게 못 하게 막는다.)

Launcelot: Ouch! Lorenzo! A bastard!

Lorenzo: Launcelot, get away! If you don't go away, I'll kill you.

Launcelot: Lorenzo! Din't you hear the fact that your lord's ship was sunk in the sea and all of his fortunes was lost? How can you be carefree like this?

Lorenzo: What? Is there any matter with my lord?

Launcelot: (당황하며) O . . . No!

116

Lorenzo: Speak it out frankly! Quickly!

Launcelot: (뒷걸음질치며) Oh, no! Nothing!

Lorenzo: What did you say just now!

Launcelot: I only know the fact that your lord's ship was sunk and your lord was at a crisis of death. It's not time to play a love game, I think. (웃으면서 도망간다.)

Lorenzo: What! What are you saying now? Oh, my God! What shall I do?

Jessica: Oh, dear! It's the worst thing!

Lorenzo: I must go to my lord. Jessica, let's go with me.

Jessica: OK. Lorenzo! (Lorenzo, Jessica 퇴장)

(불 꺼짐)

(Portia의 집)

(Bassanio 등장)

Bassanio: Oh! I am going to marry the beautiful lass, Portia! Am I dreaming now?

(Nerissa 등장)

Nerissa: Miss Portia came here.

Bassanio: Oh, really? It's the time already.

(Portia 등장)

Nerissa: Sir Bassanio! My lord! Our Miss is really beautiful, isn't it? She resembles an angel from the heaven.

Bassanio: (눈을 떼지 못하면서) Oh! You must be the lass, Portia. You really look like an angel from the heaven. Nay, the angel may not be less beautiful than you.

Portia: Don't say that! Stop your joke!

Bassanio: No, I'm not joking now. I can't fall asleep for fear that God should envy you or anyone should abduct you.

Portia: (부끄러워하며) Don't say like that! I'm shameful.

Nerissa: (새침하게) Please stop it and let's hold a wedding ceremony.

Bassanio: OK. I also can't wait any longer. Nerissa. Be the witness of our marriage.

Nerissa: Me? Lord! Will you give me the honor of doing that? OK.

(Portia, Bassanio, Nerissa 앞에 무릎 꿇는다.)

Nerissa: Lord, Bassanio! Do you swear to love Miss Portia forever?

Bassanio: I'll do it.

Nerissa: Miss Portia! Can also you swear to love our lord, Bassanio forever?

Portia: Yes, I'll do it forever.

Bassanio: Portia! I'm not worthy of your husband, but I'll do my best to make you happy.

Portia: Bassanio! Don't say like that. You're too good for me. Bassanio! Take this ring and wear it. In any event, you should not put it off. If you lose this ring, it will mean that you lose your love for me.

Bassanio: OK. Portia! I'll keep this ring under lock and key.

Nerissa: Well . . . now, you two became a wife and husband! (Nerissa 퇴장)

Bassanio: Portia, I love you. You should see only beautiful world with this beautiful eyes. And you should smell only fragrance with this nose . . . and tell me only the truth with these lips. Your beautiful eyes, nose, lips . . . forever . . .

(Bassanio, Portia 노래한다.)

(Jessica, Lorenzo, Nerissa 등장)

Lorenzo: Lord! Bassanio!

Bassanio: Why are you coming here! Is there any matter to us?

Lorenzo: Lord! It's the worst accident!

Bassanio: What . . . What's the matter on earth?

Jessica: I heard that Sir Antonio's ship was sunk is the sea!

Bassanio: What? Antonio's ship is sunk?

Lorenzo: Yes. As soon as I heard the new, I came running here instantly. Let's go to Sir Antonio right now.

Bassanio: OK. Let's go. Oh! Portia! Wait here. I'll come back soon.

Portia: Yes, Bassanio! Don't be too anxious. All will be well.

Bassanio: Portia! Don't worry. Lorenzo! Let's go quickly.

Lorenzo: Yes, lord. (Bassanio, Lorenzo 퇴장)

Portia: Jessica, what's the matter? Whose ship was sunk? Who's the man, Antonio?

Jessica: Portia, it's a matter of regret for you.

Portia: What are you talking about? Jessica! What's the matter?

Jessica: Being blind with money, my father committed a wicked deed.

Portia: Jessica! Talk about it to me quickly. What happened?

Jessica: As a matter of fact. Sir Bassanio brought some money from my father with Antonio's guarantee because he wanted to come here. Well . . . then . . . my father hates Antonio at ordinary times. Thus my father made an unreasonable contract with Antonio.

Portia: Unreasonable contract? What's the contract?

120

Jessica: If Antonio doesn't repay the money within three months, my father would get one pound of flesh from Antonio's body.

Portia: (놀라며) One pound of flesh?

Jessica: Yes. At first, I think it impossible, but my father brought a suit over the matter. Sorry, Portia! You've always helped me.

Portia: Jessica! It's not your fault. But it's really a serious trouble.

Jessica: Portia, I shall go now. I'll try to persuade my father. Portia, I'm sorry. The trial will be held in Venice. See you, Portia.

Portia: See you! Don't be too worry, Jessica. Nerissa! See off Jessica!

Nerissa: (못마땅해 하며) Miss . . . Yes . . .

Portia: Nerissa! Go ahead!

Nerissa: Yes, Miss! (Jessica, Nerissa 퇴장)

Portia: Oh, my God! What shall I do now? How much trouble is Sir Bassanio taking now . . . I wish I could give him even a little help . . . My God! Please give me a wisdom to help my husband, Bassanio!

(불 꺼짐)

(*The Merchant of Venice* 4막 1장 공연장면)

Act IV

(Portia의 집)

(Nerissa, Portia 등장)

Portia: What can I do? How anxious Sir Bassanio might be! Oh, pitiful Jessica. She is an honest girl.

Nerissa: Nay! Don't say like that! We don't have the time to feel concern about Jessica!

Portia: (한숨 쉬며) I don't know what I should do now. Jessica's father will stick to keep the contract . . . Um . . . a pound of flesh. OK! There is a good idea.

Nerissa: (귀 기울이며) A good idea? What is the idea?

Portia: We can speak in defense of Sir Antonio in the court. That will be a good idea to protect Sir Antonio. Well . . . but if we go there personally, Sir Bassanio may be in an awkward position.

Nerissa: Are you going to keep wavering like this? Oh, heavy in my chest! Then, disguise yourself as a man.

Portia: (놀라며) Disguise myself as a man? Oh, that's wonderful idea. Nerissa!

Nerissa: Ye . . . Yes?

Portia: OK! That's good idea!

Nerissa:	Mi . . . Miss! What kind of man will you disguise yourself as?
Portia:	As a man! I'll disguise myself as Sir Bassanio's lawyer.
Nerissa:	Miss! No! It may be detected by Jessica's father.
Portia:	Don't worry. I can do it well. (목을 가다듬고 남자 목소리를 낸다.)
Nerissa:	Oh! It's nasty! Miss! I'm afraid that someone might hear it.
Portia:	Nerissa! Go and find man's clothes right now!
Nerissa:	Miss! Think about it once more!
Portia:	Don't worry. Hurry up! Bring all of men's clothes in this castle.
Nerissa:	Yes, Miss. (Nerissa 퇴장)
Portia:	Oh, can it be a right choice? Well . . . this is a right choice. I can do anything for Sir Bassanio. Oh, God. Help me to do it well.

(Nerissa 등장)

Nerissa:	(짐을 들고 오면서) Miss. Miss!
Portia:	Did you collect them? Let me see the men's clothes.
Nerissa:	Yes, I collected all of men's clothes in this castle. Well . . . this is the gardener's clothes. Oh, this stench!
Portia:	Oh, this bad stench! Put this away.
Nerissa:	This is the butler's clothes. This may be too big for you.
Portia:	Oh my . . . Isn't there any good one for me?
Nerissa:	Wait a moment, please. OK. Here it is. This is crown's clothes. Crowns wear this dress in a play. Here are cap and shoes.

Portia: Oh! Good. These may be fit for me!

Nerissa: Well . . . are you ready?

Portia: It may be late. Let's hurry up. (Nerissa, Portia 퇴장)

(불 꺼짐)

(Venice의 재판장)

Judge: This written contract say that if you can't repay the money in three months, you should give up one pound your flesh from your body. Is it right?

Antonio: Yes, I signed the contract.

Bassanio: Judge! Just a moment! This man signed the contract in order to lend me the money. Therefore cut a pound of flesh from my body.

Shylock: Don't say like that! Judge! Contract must be observed. I'll get Antonio's flesh.

Bassanio: Shylock! Give me a favor. I don't know what's your grudge against Antonio, but get a cut from my body. Please . . .

Shylock: No. I'll do it as the original contract.

Bassanio: Shylock! Please . . .

Antonio: Bassanio, don't worry. You got a lovable wife and will get children. I'm happy only to have a good friend like you.

Bassanio: Don't say like that! No! I can't allow you to do it.

Shylock: Antonio! You're a poor fellow!

Antonio: Shylock! Which part of my body do you want to cut off?

Shylock: Antonio! I want to cut one pound of flesh from your left chest.

Bassanio: No! Antonio! No!

Judge: Antonio, you shall not escape from the contract. Finally, is there anything you want to say?

Antonio: Bassanio, stop crying. You can't help me with this behavior. I'm so happy because you are my best friend. My last wish is that you live happily with my Miss, Portia.

Bassanio: Antonio! (Antonio, Bassanio 껴안고 운다.)

(그때 Portia 등장)

Portia(남): Just a moment!

Shylock: Damn it. Who are you?

Portia(남): I'm sorry to be late. I'm Antonio's lawyer. The verdict wasn't decided yet. Then let me have an opportunity to defense Antonio.

Shylock: OK. Let's hear the pleading.

Portia(남): Thank you. Shylock! I'll ask you a question. The written contract says that you shall a pound of flesh only from Antonio's body if he doesn't pay the money back in three months. Right?

Shylock: Of course. That's an irrevocable fact.

Portia(남): Well, a pound of flesh only, right?

Shylock: Yes.

Portia(남): Then . . . Shylock! You should cut a pound of flesh only. Instead, you shouldn't drop any blood from Antonio's body.

Shylock: What? Don't talk that idle words.

128

Portia(남): The contract says "one pound of flesh only."

Shylock: No! I can't bear Antonio's rude behavior any more. I must needs cut a pound of flesh from Antonio's body.

Portia(남): Judge! Make a decision now.

Judge: Well . . . I'll pass the sentence for this case. "Shylock shall cut off a pound of flesh only from Antonio's body."

Shylock: No! That's nonsense!

Portia(남): Judge! If Shylock can't observe the contract, he should give all his fortune to Antonio, I think. Is it right?

Shylock: No, that's nonsense! I'll cut a flesh of your body. (Antonio에게 달려든다.)

Judge: Take Shylock out! All of Shylock's fortune shall be given to Antonio. (탕탕탕)

(재판관 퇴장)

Bassanio: Oh! O my God! Antonio!

Antonio: All of this is obliged to you, Bassanio!

Portia(남): Congratulation on your victory.

Bassanio: Thank you. Much obliged!

Antonio: Much obliged. Well . . . who are you? Why did you help me?

Portia(남): I'm but a wanderer. I only helped you because I thought you might be sentenced unfairly.

Bassanio: How can I return for your favor. I'll give you any amount of reward that you want.

Portia(남): No. Never mind.

Antonio: You saved my life. I should return for your help.

Portia(남): Well . . . then . . . give me the ring on your finger.

Bassanio: What? This? That may get me into trouble.

Portia(남): Can't you give the ring to me?

Antonio: Can't you have anything else. Because this ring is important one . . .

Portia(남): I don't want to have anything else except the ring.

Bassanio: This ring is very important one.

Portia(남): I want to have the ring only.

Bassanio: Well . . . treat it carefully. This ring is another life of mine.

Portia(남): Thank you. I'll keep it carefully. (Bassanio, 반지를 빼준다.) Then, I shall leave now. (인사하고 퇴장)

Antonio: Bassanio! How could you give the ring?

Bassanio: Portia will understand this inevitable situation if I explain it frankly. More than anything else, I'm happy that you've escaped from the danger.

Antonio: Thank you, Bassanio!

Bassanio: Don't say like that! That should be my words.

Antonio: No, Bassanio! I did only a little job for you. Let's keep our friendship forever.

Bassanio: Antonio. Now let's go to Belmont! (포옹한다.)

(불 꺼짐)

130

Scene —— *iii*

(Venice의 감옥)

(Launcelot 등장)

Shylock: Launcelot! Why are you coming so late? Where have you been till now?

Launcelot: Oh, lord! You are the best man in the world. Well . . . why should you go to prison?

Shylock: What? You rascal! How dare you say like that?

Launcelot: Oh, you are not my lord now. Shylock! Take care of yourself! Now, I am set free from you. I can go on my own way. I'm set free! (웃음)

(Launcelot 퇴장)

Shylock: God damn! Launcelot! I've taken good care of you up to now. But you don't know my benefit. (후회하며) Why did I become so poor like this? I was the greatest merchant in Venice. Oh, my Jessica. I want to see you dearly. Jessica! My daughter! Where are you!

(Jessica, Lorenzo 등장. Jessica 급히 Shylock을 찾는다.)

Jessica: Father!

Shylock: You! Are you Jessica?

131

Jessica:	Father! (흐느껴 운다.)
Shylock:	Are you Jessica? Are you really my daughter, Jessica?
Jessica:	Yes, father. Your fool daughter, Jessica.
Shylock:	Come more closely to me.
Jessica:	Father! Why are you here? Why are you in this prison? All of this is my fault. Please forgive me.
Lorenzo:	No. I'm sorry for what I did. Forgive me. All is my fault.
Shylock:	Lorenzo. Keep Jessica instead of me. I believe that you can keep my daughter, Jessica, happy. Forgive all the faults that I've committed till now.
Jessica:	Father!
Shylock:	Keep my daughter, Jessica, well
Lorenzo:	Don't worry. I'm so humble and poor but I can give a happy life to your daughter, Jessica.
Shylock:	Jessica. I'm really ashamed of myself because I've always shown you this humble appearance. Lorenzo, take good care of my daughter, please.
Jessica:	Father, don't say that words.
Shylock:	I only wish you would be happy.
Jessica:	Father . . . !

(불 꺼짐)

(*The Merchant of Venice* 5막 1장 공연장면)

Act V

(Portia의 집)

(Nerissa가 Bassanio를 기다리고 있다.)

Portia: Why didn't Sir Bassanio come in yet? So much time has gone by.

Nerissa: He will be here soon. Wait for a moment, please.

(Bassanio, Antonio 등장)

Nerissa: Oh! Sir Bassanio is coming here.

Portia: Where? Where is he coming?

Bassanio: Oh, my darling, Portia. I've been to Belmont.

Portia: Sir Bassanio! Why are you so late? I've been so worried about you.

Bassanio: I'm sorry. There was an accident in Belmont.

Portia: (시치미 떼며) Well . . . who's this?

Bassanio: Oh! Sorry. This is my closest friend, Antonio.

Antonio: How are you? I'm Antonio. You're really beautiful as I've heard.

Portia: Thank you. Oh! Sir Bassanio! Where is your ring I gave you?

Bassanio: Ri . . . ring? Did you say, "ring?"

Portia: Oh, my God! Didn't you lose it?

134

Bassanio: In fact . . . I'm sorry Portia. I was obliged to give it up to save my friend's life. I can gladly give up my life for the ring, but it was a matter for my friend's life. I'm so sorry, Portia!

Antonio: Sorry, Miss! But someday we will be able to find it. All is my fault. Don't blame Bassanio for it.

Nerissa: Well . . . Miss! Take it easy now.

Portia: I was greatly moved by your friendship. In fact, I have the ring.

Bassanio: What? Really?

Portia: Sir Bassanio! In fact, I was the man who took the role of Bassanio's lawyer.

Antonio, Bassanio: Really?

Portia: I'm sorry. Bassanio! I did the job to help you.

Bassanio: Oh, Miss Portia! It was you who took the lawyer's role. You did good job!

Portia: No, Sir Bassanio! I've had a mistaken idea. I'm sorry.

Bassanio: Portia. From now on, let's rely and rest on each other and go along with each other forever.

Portia: Yes, Sir Bassanio! Here is the ring.

Bassanio: Portia! I love you.

Portia: Me, too. Forever. (포옹한다.)

(불 꺼짐)

– The End –

The Merchant of Venice

TRANSLATION
SCRIPT

Act I

Scene —— i

(Portia의 저택)

(Portia의 남편감을 찾기 위한 파티가 한창이고, 모두들 흥겨운 분위기에서 파티를 즐기고 있다.
모두 함께 춤을 추다가 Bassanio와 Portia 눈이 맞는다.)

(잠시 불이 꺼졌다 켜짐)

(파티가 끝나면 Bassanio와 Antonio만 남아 있다.)

Antonio: Bassanio, 오늘 파티는 정말 멋졌어, 신랑감을 찾는다는 아가씨도 매우 아름다웠고.
모두가 그녀의 미모에 매료된 것 같았어, 그렇지?

Bassanio: (Portia를 생각하며 멍하게 있다.)

Antonio: Bassanio . . . 이봐! Bassanio!

Bassanio: 아! 아 . . . Antonio, 왜 그러는가?

Antonio: 자네 무슨 고민이 있어? 근심이 있어 보이는데.

Bassanio: 아니야 . . . 특별한 고민 없어.

Antonio: 여보게! 자네에겐 분명히 무슨 걱정거리가 있는 것 같애. 나에게 솔직히 말해 보게. 내
가 어떤 도움이라도 주겠네!

Bassanio: (한숨 쉬며) Antonio! 나는 자네에게 많은 빚을 졌어. 자네도 알듯이 그동안의 무절제
한 생활로 인해 많은 재산을 탕진해 버렸네.

Antonio: (안타까운 눈빛으로) 더 이상 걱정하지 말게나. 그것은 이미 지나간 과거의 일일 뿐이

138

잖아.

Bassanio: 하지만 . . . 지금까지 난 호화스런 생활로 인해 재산을 잃었지만 후회하진 않을 걸세. 물론, 자네에겐 무척 미안하다고 말하고 싶지만 . . .

Antonio: Bassanio! 자네 말이 이상하게 들리는데. 무슨 일이 있는 건가?

Bassanio: 나도 내 마음을 모르겠네. 음 . . . Antonio! 아마도 내가 사랑에 빠진 것 같아.

Antonio: (놀라며) 사랑? 사랑에 빠져? 누구와 말인가?

Bassanio: (망설이면서) 흠 . . . 파티장에서 신랑감을 찾는다는 그 여인 말이야.

Antonio: 아! 그 금발을 한 아름다운 여인 말인가?

Bassanio: (그녀를 생각하며) 그렇네. 그녀는 귀부인으로 Belmont에서 많은 유산을 물려받았다네. 나는 오늘 그녀의 눈빛에서 좋은 메시지를 받았다네. 그녀의 이름은 Portia이고 Belmont의 저명한 귀족 Cato의 딸이라네.

Antonio: 맞아. 그것은 모두가 알고 있는 사실이지.

Bassanio: 많은 사람들이 그녀에게 구혼을 하고 있다네. 나도 그 사람들 중에 속하고 싶어.

Antonio: 그렇다면 . . . 자네도 가서 그 아가씨를 만나보게나. 자네는 그녀의 마음을 얻어낼 수 있을 거야.

Bassanio: 하지만 . . . 나는 그녀에게 청혼을 할 만큼 부유하지 않아.

Antonio: 음 . . . Bassanio. 나도 자네를 도와주고 싶지만 나의 모든 재산은 바다에 있어.

Bassanio: 아! 걱정 말게. 그 점에 대해 신경 쓰지 말게.

Antonio: 음 . . . 그래도 자네가 돈이 필요하다면 . . . 상인 Shylock에게 가면 3천 골드 정도는 빌릴 수 있을 걸세.

Bassanio: Shylock? 그 악명 높은 상인 말인가?

Antonio: 맞아. 비록 악독한 상인이긴 하지만, 내 신용이라면 괜찮을 걸세. 걱정하지 말게나.

Bassanio: 음 . . . 나야 고맙지만 자네에게 항상 폐를 끼치는 것 같아 미안하네.

Antonio: 그런 말씀 마시게! Belmont로 가서 꼭 아름다운 그녀의 마음을 사로잡게. 그럼 오늘은 늦었네. 내일 함께 가도록 하세.

Bassanio: 고맙네. 내일 보세. 정말 고맙네. Antonio! (Antonio 퇴장) 아직도 그 아름다운 이미

지를 지울 수 없어. 금발머리, 붉은 입술, 아름다운 미소 . . . 그녀는 세상의 그 어떤 장
미보다도 아름다워. 내일 나는 그녀를 만나게 될 거야. 야호!

(불 꺼짐)

Scene ── ii

(Shylock의 집)

(Shylock, Launcelot 등장)

Shylock: (사악한 웃음)

(Bassanio와 Antonio 등장, 정중히 인사)

Shylock: 당신이 여기 웬일이오?

Antonio: 안녕하신가? Shylock, 오랜만이군. 미안하게도 부탁이 있어 왔소! 부탁 하나 해도 되
겠소?

Shylock: 오! 당신이 나의 도움이 필요해요? 당신은 아주 잘나고 부자여서 나의 지원이 도움이
되지 않을 텐데, 그렇지 않소?

Antonio: 아니오, 당신의 도움이 필요해요. 먼저 내 친구 소개부터 하죠. 여긴 나의 가까운 친구
인 Bassanio라고 하오. 나의 친척이오.

Bassanio: 안녕하십니까. Bassanio라고 합니다. 제가 당신께 돈을 좀 빌리러 왔습니다. Antonio
가 보증을 설 것입니다.

Shylock: Antonio가 보증인이 될 거다. 음, 그 고귀한 사람 Antonio가 보증을 서?

Launcelot: 고귀한 Antonio의 신용이라면?

Shylock: (Launcelot에게 눈치를 주며) 얼마를 빌리고자 하오?

Antonio: 3천 골드를 3개월간 빌리고자 하오.

Shylock:	흠 . . . 3천 골드? 3천 골드를 3개월간 . . .
Antonio:	그 정도의 액수를 빌려주기 싫은 것이오?
Shylock:	그런 말씀 마시오! 내가 잠시 이자를 계산을 해보았소. 3개월간의 이자를 알아봅시다.
Launcelot:	(기대하며) 주인님! 그럼 오늘 저녁 식사는 무엇으로 준비할까요?
Antonio:	이자요? 이 Venice에선 이자를 주고받는 사람은 아무도 없소. 당신이 이자를 주장한다면 나는 당신을 악당이라 부르지 않을 수 없소.
Shylock:	오, 안 되지. 그러면 . . . 나도 이자는 받지 않겠소! (잠시 생각) 대신에 . . . 당신에게 조건을 걸겠소.
Bassanio:	조건? 그 조건이 무엇입니까?
Shylock:	만약에 당신이 기한 내에 돈을 갚지 못하면 내가 당신의 살점 중 1파운드를 내가 선택하는 당신의 신체 어느 부위에서 떼어 갈 것이오. 이 내용을 담은 계약서를 써서 나에게 주시오. (웃음)
Bassanio:	무슨 소리를 하는 겁니까? 심지어 내가 거지가 된다고 하더라도 그 따위 계약서는 쓸 수 없소.
Shylock:	정말이오? 당신이 계약서를 쓰지 않으면, 나는 돈을 빌려줄 수 없소.
Launcelot:	(비웃으며) 나는 당신에게 돈을 빌려줄 수 없소.
Antonio:	아니오! 계약을 하겠소. 내가 약속을 어기거든 내 신체의 어느 부위든 떼어 가시오.
Bassanio:	안 돼! Antonio! 자네 그 계약에 서명해서는 안 돼. 나는 이 하찮은 일, 사랑 때문에 자네를 위험에 처하게 할 수 없어. 우리 이것 포기하고 돌아가세.
Antonio:	Bassanio. 걱정하지 말게. 나는 걱정하지 않고 있네. 곧 나의 배가 돌아올 것이고 그러면 기한 안에 돈을 갚을 수 있을 것이네. Shylock 계약을 합시다.
Shylock:	(사악하게 웃으며) 좋습니다. 그럼 . . . 이 서류에 서명하십시오.
Launcelot:	이 계약은 번복할 수 없는 것이오. 알겠소?
Antonio:	물론이오. (서명한다.) 돈은 꼭 기한 안에 확실히 갚겠소.
Shylock:	Launcelot! 저기 내 금고에 가서 돈 3천 골드를 가져오너라.
Launcelot:	네! 주인님! (돈을 가져와서) 주인님 여기 있습니다.

Shylock: 그럼 여기 3천 골드가 있소. 가져가시오.

Bassanio: Antonio! 이러지 말게나! 이것은 잘못된 계약이야!

Antonio: 자네 날 못 믿나! 괜찮네! 다 잘 될 것이네. 고맙소, 3개월까지 가지도 않겠지만 그때 다시 만나도록 하죠. 그럼 이만.

Shylock: 그때 뵙도록 하죠! 잘 가십시오. (Bassanio, Antonio 퇴장) 오 예! 이것은 좋은 기회다. 이번 기회에 Antonio 놈의 기를 꺾을 수 있겠군. 오, 오늘밤은 흥분되어 잠을 이룰 수 없을 거야. (사악하게 웃음)

(불 꺼짐)

Act II

(Portia 집 근처의 정원)

(Jessica 등장)

(Lorenzo 몰래 등장. Lorenzo, Jessica의 뒤에서 눈을 가린다.)

Jessica: (손을 더듬으면서) 누구시죠?

Lorenzo: (대답이 없다.)

Jessica: 누구신지 저에게 말씀해 주세요. 부드러운 손길과 숨결이 나로 하여금 당신이 누구신지 짐작할 수 있게 했지만 저는 저의 눈으로 그 멋진 분을 보고 싶어요.

Lorenzo: (헛기침)

Jessica: 음 . . . Bread Pit? Erric? Tom Cruse?

Lorenzo: (다시 헛기침)

Jessica: 아니면 . . . 나의 사랑 Lorenzo?

Lorenzo: (손을 떼면서) 그래요, 나는 Lorenzo요. 그런데 . . . 당신이 조금 전에 불렀던 그 수많은 남자들은 누구요?

Jessica: 아! 그건 농담이었죠. 제 마음속엔 오직 당신뿐이에요. 당신 아시잖아요. 그렇죠?

Lorenzo: 나도 오직 당신뿐이오. 나의 사랑 Jessica. 그런데 무엇을 하고 있었나요?

Jessica: (시무룩해져서) 그냥 잠시 생각에 잠겨 있었어요.

Lorenzo: (걱정스러운 눈빛으로) 무슨 고민거리가 있어요?

Jessica: Lorenzo, 저는 당신을 진심으로 사랑해요!

Lorenzo: Jessica! 나 또한 당신을 확실히 사랑해요! 왜 그런 말을 하세요? 당연한 말을.

Jessica: 저는 당신을 위해서라면 돈이나 명예 따위는 포기할 수 있어요.

Lorenzo: 당신 아버지와 무슨 일이 있었나요?

Jessica: Lorenzo! 당신이 저를 진정으로 사랑하신다면, 저의 모든 말을 다 들어주시겠다고 약속해 주세요.

Lorenzo: 물론이죠. 하늘에 대고 맹세해요. Jessica 당신을 사랑해요. 그대와의 사랑을 위해서 나의 생명도 기꺼이 바칠 수 있어요.

Jessica: 정말요? 음 . . . 내 사랑! 우리 둘이 먼 나라로 도망가요.

Lorenzo: 뭐라구요? Jessica! 우리 그렇게 해서는 안 돼요!

Jessica: 제가 없을 때 아버지께서 당신을 해칠 수도 있어요. 그런 걱정을 견디기 어렵네요. Lorenzo! 저는 당신의 아내가 되겠어요. 제발요!

Lorenzo: 음 . . . 우리가 이곳을 떠나면 우리는 우리의 사회적 신분을 버려야 해요. 나는 미천한 하인 신분이지만 당신은 높은 신분이잖아요. 그것을 포기할 수 있겠어요?

Jessica: 물론이에요. 이런 사회적 신분은 처음부터 저에게 맞지 않았어요.

Lorenzo: Jessica! 제발 그런 식으로 말하지 마세요.

Jessica: Lorenzo! 당신의 사랑 외에는 그 어떤 것도 원하지 않아요. Lorenzo, 오늘 밤 저와 함께 이곳을 떠나요.

Lorenzo: 오늘 밤이요? 음, 내가 원하지는 않지만 . . . 당신이 뜻을 굽히지 않는다면 제가 따를 수밖에 없죠.

Jessica: 고마워요 . . . Lorenzo (Lorenzo, Jessica 포옹)

(Shylock과 Launcelot 등장)

Launcelot: (굽신거리며) 물론이죠, 주인님! 이번이 그 무례한 Antonio 녀석의 코를 납작하게 해줄 기회입니다! 오 맙소사! Lorenzo 저 녀석이 왜 또 우리 아가씨와 함께 있는 거지?

Shylock: Jessica! 내가 저 녀석과 어울리지 말라고 몇 번이나 경고를 했거늘 또 이러고 있구나! Launcelot! Jessica를 집에 데리고 가거라.

Launcelot: 네! 주인님. (Jessica를 붙잡고) 아가씨! 저와 함께 집으로 가요.

Jessica: 저를 놓아 주세요! 갑시다. Lorenzo. Lorenzo! 도와줘요 Lorenzo!

(Launcelot이 Jessica를 끌고 가고 Jessica는 가지 않으려고 발버둥친다.)

(Launcelot, Jessica 퇴장)

Shylock: Lorenzo! 너 지금 신분을 잊은 거야? 너는 하인일 뿐이야. 어떻게 감히 내 딸과 사귀어? 다리를 분질러 놓고 싶지만 마지막 경고를 한다. 이제 다시는 내 딸 Jessica와 어울리지 마라, 알겠나? (Shylock 퇴장)

Lorenzo: 오, Jessica! 당신을 사랑하기에는 제가 너무 초라하군요. 하지만 당신을 행복하게 해 줄 자신은 있어요. Jessica, 기다려 줘요.

(불 꺼짐)

Scene —— ii

(Shylock의 집)

Shylock: Antonio. 이 나쁜 자식. 저주받을 놈! 무례한 행동 후회하게 만들 거다. 그놈의 배들이 다 침몰되기를 기도할 것이다. 폭풍과 바람이 불게 하소서! 거친 파도가 일어나서 Antonio의 배들을 다 삼키게 하소서! 오 나의 소중한 재산들. 이 재산을 얻기 위해 내가 얼마나 힘들었던가? 이 재산을 누군가 훔쳐간다면 그것은 나를 죽이는 것과 마찬가지야. (하품) 오늘 내가 너무 무리했군. 잠시 휴식을 취해야겠네.

(Shylock 퇴장하고 Lorenzo, Jessica가 몰래 등장. 조명이 Lorenzo와 Jessica를 비추고 조심스럽게 등장. Shylock의 금고를 조용히 찾기 시작한다. 찾은 즉시 둘은 돈을 훔쳐서 도망가며 퇴장)

(불 꺼짐)

(불 켜짐)

(Launcelot이 달려오면서 등장)

Launcelot: 주인님! 주인님! 제 말씀 좀 들어보세요.

Shylock: 왜 이리 소란을 피우느냐! 소란스러워 잠을 잘 수가 없네.

Launcelot: 주인님! 지금 주무실 때가 아닙니다! Jessica 아가씨께서 주인님의 돈을 훔쳐서 Lorenzo 놈과 함께 도망을 치셨습니다.

Shylock: 뭐라고! 그들을 당장 잡아와! 속히 그들을 잡아오너라!

Launcelot: 옙 . . . 예! 주인님!

(Launcelot 퇴장)

Shylock: 이런 배은망덕한 놈! Lorenzo! 내가 그놈의 다리를 분질러 놓아야 했었는데 . . . 어떻게 나의 착한 딸 Jessica를 데리고 도망을 갈 수가 있어 . . . 그리고 나의 돈까지 훔쳐서? Lorenzo! 네놈을 반드시 잡아서 죽여 버리겠어!

(불 꺼짐)

146

Act III

(Portia의 집)

(Nerissa, Portia 등장)

Nerissa: (혼자 들떠서) 아가씨, 오늘 저녁에는 멋진 청년 Bassanio란 분이 Moroco 왕을 모시고 오십니다.

Portia: (한숨)

Nerissa: 그리고 내일 아침에는 Rose 백작님과 Melcome 왕자님께서 여기에 오실 거구요. 오후에는 Mantid 왕자님과 Seaweed 백작님이 오실 거랍니다 . . . (멍한 Portia를 보고) 아가씨! 아가씨, 제 말 들리세요?

Portia: 그래, 네 말 듣고 있어.

Nerissa: 어디 편찮으세요? 의사를 부를까요?

Portia: 아니야. 그럴 필요 없어.

Nerissa: 아가씨! 왜 그러세요? 지금 많은 멋진 남자들이 아가씨와 결혼하기를 바라고 있어요. 또한 아가씨는 아버님에게서 많은 유산도 물려받으시고 제가 여태껏 만난 사람들 중에 가장 아름다운 미모도 갖추었잖아요. 아무 걱정 마세요!

Portia: 나는 이런 상황에 처하고 싶지 않아.

Nerissa: 그게 무슨 말씀이세요?

Portia: 아버지 유언으로 인해서 나의 운명은 상자 3개에 달려 있게 되었어. 나는 나의 남편을

	내 맘대로 선택도 못 해. 아버지의 유언이 나를 꼭두각시로 만들어 놓았어.
Nerissa:	오! 불쌍한 아가씨. 너무 슬퍼하지 마세요. 우리 주인님께선 현명하신 분이십니다. 틀림없이 좋은 계획이 있었을 거예요. 어린 시절 주인님 지시를 따라서 후회하신 적은 없었잖아요.
Portia:	그 말은 맞지만 . . . 이번에는 내 방식대로 하고 싶어. 나는 저번 파티에서 내가 완전히 반하게 된 멋진 사람을 만났어.
Nerissa:	정말요! 아가씨, 그분이 누구신데요?
Portia:	사실 그분의 얼굴도, 이름도 몰라. 오직 그분에 대해 아는 것은 . . .
	(Portia 그 사람을 생각하면서 노래를 부른다.)
Portia:	(다시 시무룩해져서) 내 인생을 결정하는 사람은 나야 . . . 아버지가 결정해서는 안 돼.
Nerissa:	아가씨 걱정 마세요. 틀림없이 그분을 다시 만나게 되실 거예요.
	(나팔소리)
Nerissa:	오, 아가씨! Venice에서 Bassanio란 분이 오셨어요. 어서 서둘러서 준비하시죠.
Portia:	그래 . . . 그래 알았어.
Nerissa:	아가씨 힘내세요! 빨리 가서 그분을 만나세요. 그분은 아가씨께 어울리는 확실히 멋진 분이실 거예요.
Portia:	응, 알았어. (Portia, Nerissa 퇴장)
	(불 꺼짐)
	(불 켜짐)
	(Bassanio 기다리고 있다.)
Nerissa:	Bassanio 님! 이분이 Portia 아가씨입니다.
Portia:	안녕하세요? Portia라고 합니다. (무관심하게)
Bassanio:	안녕하십니까? 아름다운 아가씨. 당신을 만나기 위해 Venice에서 온 Bassanio라고 합니다.
Portia:	(다시 Bassanio 얼굴을 보면서) 어머! 당신은? 저번 파티장에서 뵌 분인 것 같은데 맞죠?

148

Bassanio: 기억력이 좋으시군요. 그 파티 이후에 저는 당신의 아름다운 이미지를 결코 잊은 적이 없습니다.

Portia: (수줍어하며) 어떻게 당신이 저와의 사랑에 빠졌다고 말씀하실 수 있어요? 우리는 파티에서 단 한 번밖에 만나지 않았는데요.

Bassanio: 제가 당신을 본 그 순간 "첫눈에 반한 사랑"의 진정한 의미를 이해할 수 있었습니다.

Portia: 저는 아직 당신의 진정한 마음을 믿을 수 없어요.

Bassanio: 오, 제가 아름다운 아가씨께 큰 죄를 지었군요. 어떻게 하면 저의 이 죄를 사할 수 있을까요?

Portia: 음 . . . 지금 제 앞에서 그 점에 대해서 사과를 하세요.

Bassanio: 자 당신께 저의 실수를 사죄합니다. 그리고 저는 당신을 진정으로 사랑합니다.

Portia: 오, Bassanio 님! 저와 함께 한 달만 더 머무르다가 떠나세요. 아니 . . . 일주일. 단 하루라도 좋아요.

Bassanio: 아가씨, 그런 말씀 마세요! 저는 당신 아버지의 유언을 따를 겁니다. 저는 반드시 당신의 초상화가 담긴 상자를 골라서 당신의 남편이 될 것입니다.

Portia: 안 돼요, Bassanio 님! 그 위험한 게임에 참여하지 마세요. 저는 당신을 멀리 떠나 보내기 싫어요.

Bassanio: 오, 아름다운 아가씨! 울지 말고 저와 당신을 향한 저의 사랑을 믿으세요.

Portia: 저는 당신과 당신의 사랑을 믿어요.

Bassanio: 그렇다면 . . . 상자를 고르게 해주세요. 저는 잘 고를 수 있어요.

Portia: Nerissa야! 상자를 가져오너라.

Nerissa: 네, 아가씨. 여기 상자를 가져왔어요.

Portia: Bassanio 님! 차마 보질 못하겠어요. 당신의 올바른 선택을 믿어요.

Bassanio: 걱정 마세요. 흠 . . . 어디 보자. 금상자라 '나를 고르는 자는 많은 남자들이 소망하는 것을 얻으리라' 내가 원하는 것은 오직 Portia뿐이니 . . . 그러면 . . . 이것은 나에게 적합하지 않아.

Nerissa: 당신 말이 맞아요!

Bassanio: 다음 이 은상자는 . . . '나를 고르는 자는 자신이 받아야 할 만큼 받으리라.' 다른 이의 도움이 없었다면 나 혼자의 힘으로 Portia를 가질 수 없었겠지.

Nerissa: 그것 또한 좋은 생각이에요.

Portia: Bassanio 님. 신중하게 생각하세요.

Bassanio: 다음은 이 납상자. '나를 고르는 자는 자신이 가진 모든 것을 내놓고 운명을 걸어야 한다.' 운명을 걸어라 . . . 좋아, 바로 이것이다!

(Bassanio 상자를 연다. 상자 안의 초상화를 꺼내 들고)

Nerissa: 맞아요! 맞아요!

Bassanio: 이것 보세요! 이것은 당신의 초상화예요.

Portia: 오! 하나님! Bassanio 님! 이제 저와 제가 가진 모든 재산은 당신의 소유예요.

Bassanio: Portia! 당신 외에 다른 것들은 필요 없소. 저는 당신만을 원해요. 그럼, 저와 결혼해 주시겠습니까?

Portia: 물론이에요. Bassanio 님

Bassanio: 그럼, 결혼식을 준비합시다. (퇴장)

(불 꺼짐)

Scene —— ii

(Venice의 길)

(Lorenzo, Jessica 등장)

Jessica: Lorenzo. 이제 아무도 우리 둘 서로를 갈라놓지 못할 거예요.

Lorenzo: 오, Jessica! 오늘따라 당신이 전보다 더 아름다워 보이는군요.

Jessica: 어머, 정말요? 당신은 저에게는 언제나 멋있는 분이에요.

Lorenzo: Jessica . . .

Jessica: Lorenzo . . .

(Launcelot 등장)

Launcelot: (놀라면서) 아 . . . 악!

(Lorenzo, Jessica 비명)

Launcelot: 너희들 내 그물에 딱 걸렸어! 이 사실을 주인님께 말씀드릴 테다.

(도망가려는 Launcelot을 Lorenzo가 잡는다.)

Jessica: (Launcelot의 입을 손으로 막으며) Launcelot, 부탁이야! 내 간청할게. 한 번만 못 본 척해 줘. 제발. 우린 친구로 지내 왔잖아, 그렇지?

Lorenzo: 함부로 생각 없이 말했다가는 양쪽 입술을 꿰매어 버릴 테다! (Launcelot 발버둥친 다.)

Jessica: Lorenzo, 그러지 마세요.

Launcelot: 아이고! 얼마나 아프던지!

Jessica: Launcelot, 아버지껜 비밀이야 알았지?

Launcelot: 음 . . . 제 소원을 들어주신다면 그렇게 하죠. (음흉한 눈빛)

Jessica: 좋다. 네 소원을 말해 봐.

Launcelot: (입술을 가리키며) 여기에 뽀뽀 한 번만 해주시면 비밀로 해드릴 수도 . . . (음흉한 웃 음)

Lorenzo: (Launcelot의 멱살을 잡고) 이 나쁜 자식! 너를 죽여 버리겠어!

Jessica: Lorenzo! 그만! 그만해요! 우리가 어쩔 수 없잖아요. Launcelot! 정말 아버지께 비밀 지켜 줄 거지?

Launcelot: 당연하죠! 사나이가 약속을 어기지 않아요. 비밀을 확실히 지킬게요.

Jessica: 좋아, 알겠어.

Lorenzo: Jessica! 이러지 마요! Launcelot 이 나쁜 자식아!

Jessica: 아니에요, Lorenzo! 한 번만 더 생각해봐요. 나는 도망자의 삶을 견딜 수 없어요. Launcelot! 대신 볼에다가 뽀뽀해 줘도 돼?

Launcelot: 내 얼굴 어디에나 좋아요. Lorenzo, 감정 상하지 마세요. 아가씨! 어서 오세요 . . . 어서요. (눈을 감고 있다.)

Jessica: (해주려고 한다. 그때 Lorenzo가 Jessica에게 못 하게 막는다.)

Launcelot: 아악! Lorenzo 나쁜 자식!

Lorenzo: Launcelot, 꺼져! 너 지금 사라지지 않으면 내가 너를 죽일 거야.

Launcelot: Lorenzo! 지금 너희 주인은 배가 모두 침몰해서 재산을 몽땅 날렸다는 소식 들었지? 어떻게 하인이란 놈이 이렇게 천하태평일 수 있어?

Lorenzo: 뭐라고? 우리 주인님께 무슨 일이 생겼다고?

Launcelot: (당황하며) 아 . . . 아니야!

Lorenzo: 솔직히 말해. 빨리!

Launcelot: (뒷걸음질 치며) 아, 아니야! 아무일 없어!

Lorenzo: 너 방금 뭐라고 했어!

Launcelot: 너희 주인의 배가 침몰해서 너의 주인님이 죽을 위험에 처했다는 것밖에 몰라. 지금은 사랑게임이나 하고 있을 시간이 아니야. (웃으면서 도망간다.)

Lorenzo: 뭐! 너 지금 뭐라고 했어? 오 하나님! 저는 어쩌면 좋아요?

Jessica: 오, 저런! 그 최악의 상황이군요!

Lorenzo: 우리 주인님께 가봐야겠어! Jessica, 함께 가요.

Jessica: 좋아요. Lorenzo! (Lorenzo, Jessica 퇴장)

(불 꺼짐)

(Portia의 집)

(Bassanio 등장)

Bassanio: 오! 내가 아름다운 Portia와 결혼을 하게 되다니! 내가 지금 꿈을 꾸고 있는가?

(Nerissa 등장)

Nerissa: Portia 아가씨가 오셨어요.

Bassanio: 오, 그래. 벌써 시간이 다 되었구나.

(Portia 등장)

Nerissa: Bassanio 님! 아니 주인님! 아가씨 정말 아름다우셔요. 그렇죠? 마치 하늘나라에서 온 천사 같은 모습이에요.

Bassanio: (눈을 떼지 못하면서) 오! 당신이 Portia 아가씨시죠? 당신은 정말 하늘나라에서 온 천사 같아요. 아니 천사라고 할지라도 당신만큼은 아름답지 못할 거예요.

Portia: 그런 말씀 마세요. 농담 그만하시구요.

Bassanio: 아니요, 나는 농담하고 있는 것이 아닙니다. 저는 잠을 이룰 수 없어요. 신이 당신을 보고 질투할까, 아니면 누군가 당신을 유괴할까 걱정이 되어서요.

Portia: (부끄러워하며) 그런 말씀 마세요! 부끄러워요.

Nerissa: (새침하게) 그만들 하시고 어서 결혼식이나 거행하시죠.

Bassanio: 좋소! 나도 더 이상은 못 기다리겠소. Nerissa야, 네가 우리 결혼식의 증인이 되어다오.

Nerissa: 제가요? 주인님! 저에게 그런 영광을 주시겠습니까? 좋아요.

(Portia, Bassanio, Nerissa 앞에 무릎 꿇는다.)

Nerissa: Bassanio 주인님! Portia 아가씨를 영원히 사랑할 것을 맹세합니까?

Bassanio: 그렇게 하겠소.

Nerissa: Portia 아가씨! Bassanio 주인님을 영원히 사랑하실 것을 맹세합니까?

Portia: 네, 맹세합니다.

Bassanio: Portia! 내가 비록 당신의 남편으로 부족하지만 최선을 다해 행복하게 해주겠소.

Portia: Bassanio 님! 그런 말씀 마세요. 오히려 당신이 저에게 더 과분하신 걸요. Bassanio 님! 제 반지를 끼고 맹세하세요. 어떤 일이 있어도 절대 빼지 마세요. 당신이 이 반지를 잃으면 그것은 나에 대한 당신의 사랑을 잃는 것을 의미해요.

Bassanio: 알았어요. Portia. 이 반지를 소중히 관리하겠소.

Nerissa: 자 . . . 그럼, 두 분은 이제 남편과 아내가 되셨어요. (Nerissa 퇴장)

Bassanio: Portia, 사랑해요. 이 아름다운 눈으로 아름다운 세상만 보세요. 이 코로는 향기들만 . . . 이 입술로는 나에게 진실만을 말해 줘요. 당신의 눈도, 코도, 아름다운 입술도 영원히 . . .

(Bassanio, Portia 노래한다.)

(Jessica, Lorenzo, Nerissa 등장)

Lorenzo: Bassanio 주인님! 주인님!

Bassanio: 네가 여긴 어떻게 왔느냐! 우리에게 어떤 볼일이라도 있니?

Lorenzo: 주인님! 최악의 사태입니다!

Bassanio: 뭐 . . . 도대체 무슨 일이야?

Jessica: Antonio 님의 배가 모두 침몰됐다는 소식을 들었습니다!

Bassanio: 뭐라고? Antonio의 배가 침몰을 해?

Lorenzo: 예. 저도 그 소식을 듣자마자 여기까지 단숨에 달려왔습니다. 어서 Antonio 님께 달려가 봐야 할 것 같습니다.

Bassanio: 그래, 어서 가보자! 아! Portia, 조금만 기다려줘요. 잠시 다녀오겠소.

Portia: 네, Bassanio 님! 너무 긴장하지 마세요. 다 잘 될 거예요.

Bassanio: Portia, 걱정하지 마세요. Lorenzo! 어서 가보도록 하자!

Lorenzo: 네, 주인님 (Bassanio, Lorenzo 퇴장)

Portia: Jessica, 무슨 일이니? 누구의 배가 침몰되었어? Antonio 님은 누구야?

154

Jessica:	Portia, 너에게는 정말 유감스런 일이야.
Portia:	무슨 소리를 하는 거야? Jessica? 무슨 일이야?
Jessica:	우리 아버지께서 돈에 눈이 멀어 또 나쁜 일을 저지르셨어.
Portia:	Jessica! 빨리 말해 봐! 무슨 일이 일어났어?
Jessica:	사실 Bassanio 님께서 여기에 오시려고 친구인 Antonio 님의 보증으로 우리 아버지께 돈을 빌리셨어. 그런데 평소 아버지께서 Antonio 님을 미워하셨지. 그래서 아버지께서 비합리적인 계약 조건을 Antonio 님과 맺었어.
Portia:	비합리적인 계약 조건이라니? 그 계약이 어떤 것인데?
Jessica:	빌린 돈을 3달 안에 갚지 못하면 살점을 1파운드 떼어 가시기로 했대.
Portia:	(놀라며) 살점 1파운드?
Jessica:	그래. 처음에는 불가능이라 생각했는데 아버지께서 그 문제로 소송을 거셨대. 미안해, Portia! 항상 넌 나를 도와주었는데.
Portia:	Jessica! 네 잘못이 아니잖아. 하지만 이것 큰일이네.
Jessica:	Portia, 난 이만 가봐야겠어. 아버지를 설득해 볼게. 미안해, Portia. 아 참! 재판은 Venice에서 열릴 거야. 안녕, Portia.
Portia:	안녕. 너무 걱정 마, Jessica. Nerissa! 네가 Jessica를 배웅해 주고 오너라.
Nerissa:	(못마땅해 하며) 아가씨도 . . . 예 . . .
Portia:	Nerissa! 어서 다녀와!
Nerissa:	알겠어요, 아가씨! (Jessica, Nerissa 퇴장)
Portia:	오, 맙소사! 내가 어떻게 하지? Bassanio 님은 지금 얼마나 힘드실까 . . . 내가 조금이라도 도움이 될 수 있다면 좋으련만 . . . 하나님, 저에게 저의 남편 Bassanio 님을 도울 수 있는 지혜를 주세요.

(불 꺼짐)

Act IV

Scene —— *i*

(Portia의 집)

(Nerissa, Portia 등장)

Portia: 이 일을 어떻게 하나? Bassanio 님은 얼마나 걱정이 되실까! 불쌍한 Jessica. 그 애는 착한 아이인데.

Nerissa: 아니! 그런 말씀 마세요! 우리가 지금 Jessica 아가씨 걱정을 할 시간이 없습니다.

Portia: (한숨 쉬며) 도대체 내가 어떻게 해야 할지 모르겠어. Jessica의 아버지라면 분명 계약을 지키실 분인데 . . . 음 . . . 살 1파운드라. 1파운드 . . . 아! 좋은 생각이 났어!

Nerissa: (귀 기울이며) 좋은 생각? 어떤 방법인데요?

Portia: 우리가 법정에서 Antonio 님의 변호를 하는 거야! Antonio 님을 보호할 수 있는 좋은 방법이야! 음 . . . 하지만 우리가 직접 가게 된다면, Bassanio 님이 난처한 입장이 될 거야.

Nerissa: 그렇다면 계속 이렇게만 계실 거예요? 가슴이 답답하네요! 그럼 남자로 변장이라도 해 보세요.

Portia: (놀라며) 남자로 변장을 한다고? 오, 그거 좋은 생각이구나. Nerissa!

Nerissa: 네 . . . 네?

Portia: 좋아! 그거 좋은 생각이야!

Nerissa: 아 . . . 아가씨! 어떤 남자로 변장하실 건가요?

Portia:	남자로 말이야! 내가 Bassanio 님의 변호사로 변장을 할 거야.
Nerissa:	아가씨! 안 돼요! 그러다가 Jessica의 아버지께 발각될 수도 있어요.
Portia:	걱정 마. 잘 해낼 수 있어! (목을 가다듬고 남자 목소리를 한다.)
Nerissa:	오! 역겨워요! 아가씨 누가 들을까 무서워요!
Portia:	Nerissa! 지금 당장 가서 어서 남자 옷들을 찾아보거라!
Nerissa:	아가씨. 한 번만 더 생각해 보세요!
Portia:	걱정마! 서둘러! 이 성안에 있는 남자 옷을 다 가져오너라.
Nerissa:	네, 아가씨. (Nerissa 퇴장)
Portia:	오, 이게 옳은 선택일까? 음 . . . 이것은 옳은 선택이야. Bassanio 님을 위해서라면 무슨 일이든 할 수 있어. 오 하나님. 일을 잘하도록 저를 도와주세요.

(Nerissa 등장)

Nerissa:	(짐을 들고 오면서) 아가씨. 아가씨!
Portia:	모아 보았니? 어디 남자 옷들을 한번 보자.
Nerissa:	네, 이 성안에 있는 남자 옷들은 다 가져 왔어요. 음 . . . 이것은 정원사의 옷이에요. 오, 이 고약한 냄새!
Portia:	어휴 역겨운 냄새. 어서 치워라.
Nerissa:	이것은 집사의 옷이에요. 아가씨껜 너무 클 거예요.
Portia:	오, 이런 . . . 나에게 맞는 좋은 것은 없어?
Nerissa:	잠시만요. 여기 있어요. 광대들의 옷이에요. 광대들이 연극할 때 입는 옷이죠. 여기 모자와 신발도 있구요.
Portia:	오! 이 정도면 될 것 같아!
Nerissa:	그럼 . . . 준비가 다 되셨어요?
Portia:	늦을지도 몰라. 어서 서두르자. (Nerissa, Portia 퇴장)

(불 꺼짐)

(Venice의 재판장)

Judge: 여기 계약서에는 Antonio 당신이 3달 안에 돈을 갚지 못하면 살점 1파운드를 떼어 준다고 적혀 있소. 이 말이 맞소?

Antonio: 네, 제가 서명을 했습니다.

Bassanio: 재판관님. 잠시만요! 이 친구는 저에게 돈을 빌려주기 위해 그런 계약을 했습니다. 그러니 제 살 1파운드를 떼 주십시오!

Shylock: 그런 말 마시오! 재판관님! 계약은 지켜져야 합니다. 저는 Antonio의 살 1파운드를 가지겠습니다.

Bassanio: Shylock! 부탁입니다. 당신이 Antonio에게 무슨 원한이 있는지는 모르겠다만 내 살점을 떼어 가십시오. 제발 . . .

Shylock: 안 되오! 나는 원래 계약대로 할 것일세.

Bassanio: Shylock! 제발 . . .

Antonio: Bassanio, 걱정 말게. 자네는 이제 막 사랑하는 아내도 얻었고 자녀들도 낳아야 하네. 나는 자네 같은 친구를 가졌다는 것만으로도 충분히 행복하네.

Bassanio: 그런 말씀 말게! 안 돼! 자네가 그러는 것 허락할 수 없네.

Shylock: Antonio! 자네는 불쌍한 친구군!

Antonio: Shylock! 나의 살점 중 어느 부분을 떼어 가겠는가?

Shylock: Antonio! 나는 당신의 왼쪽 가슴에 있는 살 1파운드를 떼겠소.

Bassanio: 안 돼! Antonio! 안 돼!

Judge: Antonio, 그대는 계약에서 벗어날 수는 없네. 그대가 마지막으로 하고 싶은 말이 있는가?

Antonio: Bassanio, 그만 울게나. 이런 행동은 나에게 도움이 되지 않아. 나는 행복하네. 자네가 나의 가장 친한 친구인 것으로도. 내 마지막 소원은 자네가 Portia 아가씨와 행복하게 사는 것이네.

Bassanio: Antonio! (Antonio, Bassanio 서로 껴안고 운다.)

(그때 Portia 등장)

Portia(남): 잠시만요!

Shylock: 제기랄! 당신은 누구야?

Portia(남): 늦어서 죄송합니다. 전 Antonio 님의 변호인입니다. 아직 판결이 내려지지 않았습니다. 그러니 저에게 Antonio 님을 변호할 기회를 주십시오.

Shylock: 좋소. 어디 그 변호를 들어봅시다.

Portia(남): 감사합니다. Shylock 씨! 당신에게 묻겠습니다. 계약서에는 3달 안에 돈을 갚지 못하면 살점 1파운드를 떼어 간다고 적혀 있습니다. 그렇죠?

Shylock: 물론이지. 그건 번복할 수 없는 사실이지!

Portia(남): 그럼 계약서에 살점만 1파운드라고 하셨죠?

Shylock: 네, 그렇소.

Portia(남): 그렇다면 . . . Shylock! 당신은 Antonio의 살 1파운드를 떼어 가야 합니다. 대신! 피를 단 한 방울도 흘려선 안 됩니다!

Shylock: 뭐라고? 그런 쓸데없는 말 하지 마!

Portia(남): 계약서엔 분명 "살 1파운드만"이라고 적혀 있습니다.

Shylock: 안 돼! Antonio 저 무례한 모습을 더 이상 참을 수 없어. 나는 Antonio의 몸에서 살 1파운드를 꼭 떼어 내어야 해.

Portia(남): 재판장님! 판결을 내려 주십시오.

Judge: 그럼 판결을 내리겠소. "Shylock은 Antonio의 몸에서 살 1파운드만을 떼어 가도록 하시오."

Shylock: 아니오! 이건 말도 안 돼!

Portia(남): 재판장님! 만약 Shylock이 계약을 어길 경우에는 그의 모든 재산을 Antonio 님께 드려야 한다고 생각합니다. 그게 맞겠죠?

Shylock: 말도 안 돼! 난 살점을 떼어 가겠어!! (Antonio에게 달려든다.)

Judge: Shylock을 끌고 나가시오! Shylock의 재산은 모두 Antonio에게 넘어갑니다. (탕탕탕)

(재판관 퇴장)

Bassanio: 오! 맙소사! Antonio!

Antonio: 모두 자네 덕이네. Bassanio!

Portia(남): 재판에 이기신 걸 축하드립니다.

Bassanio: 감사합니다! 정말 감사드립니다!

Antonio: 감사드립니다. 그런데 . . . 누구시죠? 왜 저희를 도와주셨습니까?

Portia(남): 그냥 지나가는 떠돌이온데, 부당한 판결을 받으실 것 같아 도와드리러 왔습니다.

Bassanio: 이 은혜는 어떻게 갚을 수 있을지요. 사례금은 당신이 원하시는 대로 드리겠습니다.

Portia(남): 아니요, 괜찮습니다.

Antonio: 당신은 저의 생명을 구해 주셨어요. 제가 보답을 해야 합니다.

Portia(남): 음 . . . 그러시다면 . . . 끼고 계신 그 반지를 주십시오.

Bassanio: 네? 이 반지를요? 이것은 저에게는 좀 곤란합니다.

Portia(남): 반지를 주실 수 없다는 말씀입니까?

Antonio: 다른 것은 안 되겠습니까? 이것은 중요한 반지라 . . .

Portia(남): 저는 그 반지만을 원합니다.

Bassanio: 이 반지는 참으로 중요한 반지입니다.

Portia(남): 저는 그 반지만을 갖고 싶습니다.

Bassanio: 그렇다면 . . . 꼭 소중히 다루어 주십시오. 저의 또다른 생명입니다.

Portia(남): 고맙습니다. 소중히 다루겠습니다. (Bassanio, 반지를 빼준다.) 그럼 이만, 저는 가 보도록 하겠습니다. (인사하고 퇴장)

Antonio: Bassanio! 어떻게 그 반지를 줄 수 있어?

Bassanio: 피치 못할 사정을 얘기한다면 Portia도 이해해 줄 걸세. 나는 무엇보다 자네가 그 위험을 벗어나서 기쁘네.

Antonio:	고맙네, Bassanio!
Bassanio:	무슨 소린가! 그건 내가 할 소리네!
Antonio:	아니야 Bassanio! 나는 단지 자네를 위해 작은 일을 했을 뿐이네. 우리 우정 영원히 지켜 나가세.
Bassanio:	Antonio. 그럼 이만 Belmont로 가세! (포옹한다.)

(불 꺼짐)

Scene —— iii

(Venice의 감옥)

(Launcelot 등장)

Shylock:	Launcelot! 왜 이렇게 늦었어? 너 어디에 갔다 오는 거야?
Launcelot:	아이고, 주인님! 주인님은 세상에서 가장 잘나신 분입니다. 그런데 . . . 왜 이렇게 감옥에 갇혀 계십니까?
Shylock:	뭐라고? 나쁜 놈! 네가 감히 그런 말을 해?
Launcelot:	오, 당신은 이제 저의 주인님이 아닙니다. Shylock! 건강히 잘 사십시오. 이제 난 당신에게서 벗어났어요. 내가 하고 싶은 대로 살 수 있겠군. 난 해방되었다! (웃음)

(Launcelot 퇴장)

Shylock:	이 빌어먹을! Launcelot 이놈! 지금까지 너를 보살펴 주었다. 그러나 나의 은혜를 모르는구나! (후회하며) 내 자신이 왜 이렇게 비참하게 되었을까? 나는 Venice의 가장 위대한 상인이었는데. 오, 나의 Jessica. 니가 너무 보고 싶구나. Jessica! 내 딸아! 어디 있느냐!

(Jessica, Lorenzo 등장. Jessica 급히 Shylock을 찾는다.)

Jessica:	아버지!
Shylock:	아니 넌! Jessica 아니냐?
Jessica:	아버지! (흐느껴 운다.)
Shylock:	너 Jessica가 맞느냐? 정말 내 딸 Jessica가 맞느냐?
Jessica:	네, 아버지. 당신의 못난 딸 Jessica예요.
Shylock:	조금 더 가까이 와 보거라.
Jessica:	아버지. 아버지가 왜 여기 계세요? 어쩌다가 여기 계신 거예요? 이 모든 것이 제 잘못이에요. 철없는 저를 용서해 주세요.
Lorenzo:	아닙니다. 제가 저지른 일 죄송해요. 용서해 주세요. 모두가 제 잘못입니다.
Shylock:	Lorenzo. 나 대신 Jessica를 부탁한다. 너가 내 딸 Jessica를 행복하게 해줄 수 있다고 믿는다. 그동안 내가 너에게 했던 행동들은 모두 용서해다오.
Jessica:	아버지!
Shylock:	Jessica를 잘 지켜주오.
Lorenzo:	걱정 마세요. 비록 가진 것 없이 미천한 몸이지만 Jessica를 세상 누구보다 행복하게 해줄 수 있습니다.
Shylock:	Jessica. 아버지라는 이름으로 너에게 항상 이런 모습만 보인 내가 너무 부끄럽구나. Lorenzo, 네가 우리 딸을 잘 보살펴다오.
Jessica:	아버지, 그런 말씀 마세요.
Shylock:	나는 단지 너의 행복만을 바란다.
Jessica:	아버지 . . . !

(불 꺼짐)

Act V

(Portia의 집)

(Nerissa가 Bassanio를 기다리고 있다.)

Portia: Bassanio 님은 왜 아직 안 오시는 걸까? 시간이 많이 흘렀는데.

Nerissa: 곧 오실 거예요. 조금만 기다리세요.

(Bassanio, Antonio 등장)

Nerissa: 오, Bassanio 님이 오시네요.

Portia: 어디? 어디 오고 계시냐?

Bassanio: 오, Portia! 내 사랑! 나 Belmont에 다녀오는 길이오.

Portia: Bassanio 님! 왜 이리 늦으셨어요. 저는 당신 걱정 많이 했어요.

Bassanio: 미안해요. Belmont에서 일이 좀 생겨서 그랬어요.

Portia: (시치미 떼며) 그런데 . . . 이분은 누구시죠?

Bassanio: 오, 미안하오. 여기는 나의 가장 친한 Antonio라는 친구요.

Antonio: 안녕하십니까! Antonio라고 합니다. 듣던 대로 매우 아름다우시군요.

Portia: 고맙습니다. 어머! Bassanio 님! 반지는 어떻게 하셨어요?

Bassanio: 바 . . . 반지 말이오? "반지"라고 했나요?

Portia: 맙소사. 잃어버리신 건 아니죠?

Bassanio: 사실 . . . 미안해요, Portia. 친구의 목숨이 위험해서 포기할 수밖에 없었소. 내 목숨에

관한 일이었다면 목숨을 버릴 텐데, 친구의 목숨과 관련된 문제이다 보니. 미안해요, Portia!

Antonio: 죄송합니다, 아가씨! 그렇지만 언젠가는 찾을 수 있을 것입니다. 모두 제 탓입니다. Bassanio를 나무라지 마십시오.

Nerissa: 흠 . . . 아가씨! 이제 그만 진정하세요.

Portia: 두 분의 우정에 감동했습니다. 사실 그 반지는 저에게 있습니다.

Bassanio: 뭐라고요? 정말입니까?

Portia: Bassanio 님. 사실은 Antonio 님의 변호사 역할을 한 사람이 바로 저입니다.

Antonio, Bassanio: 정말입니까?

Portia: 죄송해요. Bassanio 님! 제가 당신을 돕기 위해 그 일을 했어요.

Bassanio: 오, Portia 아가씨! 변호사 역할을 한 사람이 당신이었군요. 잘하셨어요.

Portia: 아니에요. Bassanio 님! 제 생각이 짧았어요. 죄송해요.

Bassanio: Portia! 앞으로 서로를 믿고 의지해 가며 영원히 함께합시다.

Portia: 네. Bassanio 님! 여기 그 반지가 있습니다.

Bassanio: Portia! 사랑해요.

Portia: 저도 사랑해요. 영원히. (포옹한다.)

(불 꺼짐)

– The End –